나의 라임오렌지나무

나의 라임오렌지나무

_ O Meu Pé de Laranja Lima _

J. M. 바스콘셀로스 지음
박동원 옮김

어느 날 슬픔을 발견한
....
한 꼬마의 이야기
....

동녘

메르세데스 끄루아녜스 히날디,

에리히 게마인더,

프란씨스꾸 마린스,

그리고 엘레나 루디지 밀러,

그리고 빼놓을 수 없는 나의 아들

페르난두 세쁠린스키에게

***

영원히 죽지 않을

쎄씰료 마따라쪼,

아르날두 마갈량이스 지 지아코모에게

너무나 보고 싶은 내 동생이자 나의 왕 루이스와

글로리아 누나에게.

루이스는 스무 살 나이에 삶을 포기했고·

글로리아 누나는 스물넷에

살아 있을 필요가 없다고 판단했음.

여섯 살 먹은 나에게

사랑을 가르쳐 준 마누엘 발라다리스를

그리워하며……

모두들 고이 잠드소서!

그리고

도리발 로우렌스 다 실바에게

(도도, 저는 지독한 슬픔과 그리움에도 죽지 않고 살아 있답니다!)

차례

때로는 크리스마스에도
악마 같은 아이가 태어난다

1. 철드는 아이 · 11

2. 어떤 라임오렌지나무 · 29

3. 가난에 찌든 손가락 · 50

4. 작은 새, 학교 그리고 꽃 · 90

5. 네가 감옥에서 죽는 것을 보겠어 · 120

2부

아기 예수는
슬픔 속에서 태어났다

1. 박쥐 · 147

2. 정복 · 162

3. 이런저런 이야기 · 181

4. 잊을 수 없는 두 차례의 매 · 201

5. 엉뚱하고도 기분 좋은 부탁 · 220

6. 사랑의 조각들 · 248

7. 망가라치바 · 259

8. 늙어가는 나무들 · 285

9. 마지막 고백 · 289

옮긴이의 말 · 291

1부

때로는 크리스마스에도
악마 같은 아이가 태어난다

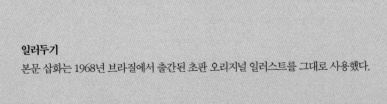

일러두기
본문 삽화는 1968년 브라질에서 출간된 초판 오리지널 일러스트를 그대로 사용했다.

1. 철드는아이

우리는 손을 잡고 천천히 걷고 있었다. 또또까 형은 나를 데리고 다니며 이런저런 것들을 가르쳐 주었다. 나는 그런 형이 있어 좋았다.

나는 모든 것을 집 밖에서 배웠다. 집에서는 나 혼자 눈치껏 행동해야 했기 때문에 실수하기 일쑤였고 그 때문에 걸핏하면 매를 맞았다. 얼마 전까지만 해도 나를 때리는 사람은 없었다. 하지만 내가 사고뭉치라는 것을 알아챘는지 누구나 나를 볼 때마다 망나니라느니, 나쁜 놈이라느니, 억센 털 러시아 고양이 같은 놈이라느니 하며 욕을 해 댔다. 이런 것들은 이제 생각도 하기 싫다.

거리에 있지만 않았어도 노래를 불렀을 것이다. 노래를 부른다는 것은 참 아름다운 일이다. 또또까 형은 노래 부르는 것 말고도 휘파람을 불 줄 알았다. 나는 애써 형을 흉내 내어 봤지만 아무리 해도 소리가 나지 않았다. 형은 내가 아직 입술을 나팔 모양으로 만들 줄 몰라서 그런 거라며 나를 위로했다.

소리를 내어 노래를 부를 수 없었기 때문에 속으로 노래를 불렀다. 처음에는 조금 이상했지만 하면 할수록 재미가 있었다. 어릴 적 엄마가 부르던 노래가 생각났다. 엄마는 햇빛을 가리기 위해 머리에 수건을 쓰고 세탁대에서 빨래를 했다. 허리에 앞치마를 두르고 오랫동안 손을 물에 담가 비누 거품을 많이 낸 다음 옷의 물기를 짜 줄에 널었다. 그러고는 집게로 고정시켰다. 무슨 옷이나 그렇게 차례대로 빨았다. 집안 형편이 어려워 파울라베르 박사 댁의 빨래를 맡아 했던 것이다.

엄마는 키가 크고 날씬한 미인이었다. 피부는 거무스름했고 검은 생머리는 풀어서 늘어뜨리면 허리까지 내려왔다. 무엇보다 엄마는 노래하는 모습이 가장 아름다웠다. 나는 엄마

곁에서 엄마가 부르던 이 노래를 배웠다.

사공이여, 사공이여
야속한 뱃사공이여
당신 때문에 나는
죽을 것만 같다오

파도가 밀려와
백사장을 뒹굴다 밀려가면
내 사랑 뱃사공도
저 멀리 떠나간다네

뱃사공의 사랑은
한 시간도 못 가고
배가 닻을 올리면
뱃사공도 떠나간다네

파도가 밀려와……

지금도 이 노래를 들으면 나는 알 수 없는 슬픔에 잠긴다.

또또까 형이 잡아당기는 바람에 나는 정신을 차렸다.

"무슨 생각을 그렇게 해, 제제?"

"아무것도 아니야. 그냥 노래하고 있었어."

"노래?"

"응."

"흥, 내 귀가 먹었나?"

형은 속으로 노래하는 법을 모르나 보지? 난 아무 말도 하지 않았다. 모른다면 가르쳐 주지 말아야지.

우리는 히우와 쌍빠울루를 잇는 고속도로변에 닿았다. 그 위로 트럭, 자동차, 짐마차, 자전거가 오가고 있었다.

"잘 봐, 제제! 이걸 명심해. 우선 이쪽을 잘 보고 그다음엔 저쪽을 잘 봐. 자! 건너자!"

우리는 고속도로를 뛰어 건넜다.

"무서웠지?"

사실은 무서웠지만 나는 머리를 저었다.

"한 번만 더 같이 해 보자. 그다음엔 네가 제대로 배웠나 보겠어."

우리는 다시 건너왔다.

"이제 너 혼자 해 봐! 너도 이제 다 컸으니까 겁낼 것 없어."

가슴이 두근거렸다.

"자! 지금이야. 건너!"

나는 단숨에 길을 건넜다. 조금 기다리자 형이 건너오라는 신호를 보냈다.

"처음치고는 아주 잘했어. 그런데 한 가지 빼먹은 게 있어. 차가 오나 안 오나 양쪽을 잘 살폈어야지. 내가 만날 여기서 신호를 줄 수는 없잖아. 돌아올 때 다시 연습하자. 지금은 너한테 보여 줄 게 있으니까."

형이 내 손을 잡았고 우리는 다시 천천히 걸었다.

얼마 전 들은 이야기가 내 머릿속에서 떠나지 않았다.

"또또까 형!"

"왜?"

"철든다는 게 그렇게 대단한 거야?"

"무슨 뚱딴지 같은 소리야?"

"에드문두 아저씨가 그러는데, 난 조숙해서 곧 철이 들 거래. 그런데 달라진 기분이 하나도 안 들거든."

"에드문두 아저씨는 바보야. 너한테 쓸데없는 말이나 하고."

"아저씨는 바보 아냐. 만물박사야. 나도 크면 만물박사도 되고 시인도 될 거야. 그래서 나비넥타이를 매고 다닐래. 나비넥타이를 매고 사진도 찍을 거고."

"왜 하필 나비넥타이를 매냐?"

"시인은 나비넥타이를 매야 돼. 에드문두 아저씨가 잡지에 난 시인들 사진을 보여 줬는데, 모두 나비넥타이를 매고 있었어."

"제제, 아저씨가 하는 말을 전부 믿지는 마. 아저씨는 약간 미친 데다가 거짓말쟁이야."

"그러면 아저씨가 쌍년의 자식이야?"

"야! 너 그런 말 하다가 입을 얻어맞았으면서도 계속 그런 말을 하냐? 에드문두 아저씨는 그건 아냐. 약간 미쳤다고만 했잖아. 정신병자 몰라?"

"아저씨는 거짓말쟁이라면서?"

"거짓말쟁이하고 그게 무슨 상관이야?"

"상관 있어. 지난번에 아빠가 쎄베리노 아저씨랑 카드 놀이를 하시다가, 라본네 아저씨를 두고 '그 늙은 쌍놈은 순 거짓말쟁이라니까!'라고 했단 말이야. 그렇게 말해도 아빠 입을 때리는 사람은 아무도 없던데?"

"어른들은 그런 말을 해도 괜찮아. 그래도 나쁘지 않아."

우리는 잠시 이야기를 멈추었다.

"에드문두 아저씨가 그게 아니라면…… 또또가 형, 그럼 정신병자는 뭐야?"

형은 손가락을 빙빙 돌리며 머리가 돌았다는 표시를 했다.

"아냐, 아저씬 그렇지 않아. 좋은 사람이야. 나한테 가르쳐 주는 게 얼마나 많은데. 그리고 지금까지 날 딱 한 번밖에 안 때렸어. 그것도 별로 안 아프게."

또또가 형이 깜짝 놀라 펄쩍 뛰었다.

"아저씨가 널 때렸어? 언제?"

"글로리아 누나가 나 때문에 못살겠다고 하면서 나를 진지냐 할머니 집에 보냈을 때. 아저씨가 신문을 읽으려고 안경을 찾았는데 안경이 없어졌어. 여기저기 막 뒤지다가 진지냐 할머니한테 물어봤는데 할머니도 못 봤다는 거야. 아저씨랑 할머니가 집 안을 뒤집어엎다시피 하며 찾았어. 그때 내가 구슬 사게 일 또스땅*만 주면 어디 있는지 가르쳐 준다고 했어. 그러니까 아저씨가 조끼 주머니에서 일 또스땅을 꺼내면서 '돈을 줄 테니 찾아 봐라' 해서 빨래통에 가서 안경을 꺼내왔거든.

———

• 브라질의 옛 화폐 단위.

17

그랬더니 아저씨가 '이 못된 놈 같으니라고. 네 놈 짓이었구나!'라고 욕을 하면서 내 엉덩이를 한 대 때린 다음에 돈을 도로 뺏어 갔어."

또또가 형이 깔깔거리며 말했다.

"매를 피해 갔는데 거기서도 매를 맞았군. 좀 빨리 가자. 이러다간 영영 못 가겠다."

난 계속 에드문두 아저씨 생각을 했다.

"또또가 형, 어린 애들도 퇴직자야?"

"뭐라고?"

"에드문두 아저씬 일도 안 하는데 돈을 받잖아. 일도 안 하는데 시청에서 매달 아저씨한테 돈을 줘."

"그래서?"

"애들도 일 안 하고, 밥만 먹고, 잠만 자는데 엄마 아빠가 돈을 주잖아."

"퇴직자는 달라, 제제. 퇴직자는 에드문두 아저씨처럼 이미 일을 많이 해서 머리가 하얗게 세고 느릿느릿 걷는 어른을 말하는 거야. 제제, 골치 아픈 생각 좀 그만해라. 너는 아저씨한테 배우는 걸 좋아하니까 아저씨한테 물어봐. 나한테는 그런 것 묻지 말고. 그리고 너도 좀 다른 애들처럼 굴어. 욕을 하

18

는 건 괜찮은데 그 조그만 머리로 그렇게 어려운 생각은 좀 그만해. 계속 그러면 너랑 안 놀 거야."

난 기분이 상해서 더 이상 이야기하고 싶지 않았다. 당연히 노래하고 싶은 마음도 싹 사라졌다. 내 속에서 노래하던 작은 새도 멀리 날아가 버렸다.

우리는 걸음을 멈췄다. 또또까 형이 어느 집을 가리켰다.

"저 집이야. 맘에 드니?"

하얀 벽에 파란 창문이 달린 그저 평범한 집이었다. 문은 모두 잠겨 있어 조용했다.

"응. 그런데 왜 이리로 이사하는 건데?"

"이리로 이사하는 게 더 좋으니까."

울타리 너머로 마주보고 서 있는 망고나무와 따마린두나무가 보였다.

"머리 좋은 너도 집안 형편이 어떻게 돌아가는지는 눈치 못 챘나 보구나? 아빠가 일자리를 잃었다는 건 너도 알지? 아빠가 스코트필드 씨랑 싸워서 쫓겨난 지가 여섯 달이 넘었어. 랄라 누나가 공장에 나가고 있는 건 알아? 엄마가 시내에 있는 영국인 방직공장에서 일하는 것은 모르지, 바보야? 모두들 이사 올 집에 낼 셋돈을 모으려고 그러는 거야. 지금 집은 세가 여덟 달 치나 밀려 있어. 넌 너무 어려서 이런 슬픈 일들은 잘 모를 거야. 나도 집안에 조금이나마 보탬이 되려고 성당에서 복사일을 하게 될 것 같아."

서로 한참 동안 아무 말이 없었다.

"또또까 형, 까만 표범이랑 사자 두 마리도 이리 데려올 거지?"

"당연하지. 닭장 뜯어 오는 일을 할 사람이 머슴 같은 나 말고 누가 있겠냐?"

그러고는 안쓰러운 눈으로 나를 쳐다보았다.

"내가 동물원을 뜯어다 여기에 다시 만들어 줄게."

나는 조금 마음이 놓였다. 그것이 없어지면 동생 루이스를 위해 새로운 놀거리를 마련해야 하기 때문이다.

"그것 봐, 제제. 내가 얼마나 너한테 잘해 주니? 그러니까 너도 이젠 어떻게 '그것'을 해냈는지 얘기해 봐."

"나도 몰라. 정말이야."

"거짓말하지 마. 누구한테 배웠지?"

"진짜 배운 적 없어. 아무도 가르쳐 주지 않았단 말이야. 만약에 가르쳐 준 사람이 있다면 아마 잔디라 누나 말대로 내가 자는 동안에 내 대부인 악마가 가르쳐 줬을 거야."

또또까 형은 믿지 못하는 것 같았다. 처음엔 자백을 받아 내려고 내 머리에 알밤을 먹이기까지 했다. 그래도 난 알 수 없었다.

"혼자서 그런 걸 배우는 사람은 없어."

그러나 식구들 중에도 누군가가 나를 가르치는 것을 본 사람이 아무도 없었기 때문에 모두들 아무 말 못 했다. 그건 정말 수수께끼 같은 일이었다.

일주일 전쯤이었다. 온 집안 식구들이 깜짝 놀란 일이 있었다.

그 일은 진지냐 할머니 집에서 시작되었다. 나는 신문을 읽고 있는 에드문두 아저씨 옆에 앉아 있었다.

"아저씨!"

"무슨 일이냐?"

아저씨는 노인들이 그러는 것처럼 안경을 코끝에 걸쳐 놓고서 나를 바라보았다.

"아저씨는 읽는 걸 언제 배웠어요?"

"아마 여섯 살이나 일곱 살쯤이었을 게다."

"다섯 살짜리도 배울 수 있나요?"

"하려면 왜 못 하겠냐마는 아무도 그러고 싶어 하지 않지.

너무 어리니까 말이다."

"아저씨는 어떻게 배웠는데요?"

"누구나 그러는 것처럼 글자카드로 배웠다. 'ㄱ' 더하기 'ㅏ'는 '가' 하는 식으로."

"모두가 다 그렇게 배워야 하나요?"

"내가 알기로는 그렇다."

"진짜 진짜 모든 사람이요?"

아저씨는 의심스런 눈빛으로 나를 쳐다보았다.

"이것 봐라, 제제. 누구든지 다 그렇게 해야 돼. 이제 신문 좀 보자. 뒤뜰에 가서 구아버나무에 열매가 열렸는지나 보러 가거라."

그러고는 안경을 다시 올리고 신문으로 눈을 돌렸다. 그러나 난 꼼짝도 하지 않았다.

"실망이네!"

내 한숨 소리가 컸는지 아저씨는 다시 안경을 코끝에 내려 놓았다.

"그래도 어쩔 수 없다."

"아저씨한테 할 말이 있어서 집에서 여기까지 한참 동안 걸어왔단 말이에요."

"그럼, 어서 말해 봐라."

"싫어요. 그냥은 안 할 거예요. 아저씨 연금 받는 날부터 가르쳐 주세요."

"내일모레다."

아저씨는 미소를 지으며 나를 들여다보았다.

"모레가 무슨 요일인데요?"

"금요일."

"그럼, 금요일에 시내에서 '달빛' 하나만 사다 주실래요?"

"잠깐만, 제제. '달빛'이 뭐냐?"

"영화에 나오는 하얀 말이요. 말 주인은 프레드 톰슨˙이구요. 길들인 말이에요."

"나무 바퀴가 달린 장난감 망아지 말이냐?"

"아니요. 나무로 된 말 머리에 막대기와 고삐를 단 망아지요. 그걸 다리 사이에 끼고 달릴 수 있어요. 나중에 영화에 나오려면 미리 연습을 해야 하거든요."

아저씨는 계속 웃고 있었다.

"알겠다. 그걸 사다 주면 넌 뭘 해 줄래?"

———

• 서부영화 주인공의 이름.

23

"좋은 걸 해드릴게요."

"뽀뽀 말이냐?"

"저는 뽀뽀 별로 안 좋아해요."

"그러면, 껴안아 줄 테냐?"

문득 에드문두 아저씨가 너무 안됐다는 생각이 들었다. 내 마음속의 작은 새가 내게 뭔가를 일러 주었다. 그것은 사람들이 아저씨에 대해 하던 말들이었다. 아저씨는 아내와 다섯 자녀들과 헤어져 혼자 살고 있었다. 홀로 사는 데다가 걸음도 아주 느렸다. 아저씨가 천천히 걷는 게 혹시 자식들에 대한 그리움 때문은 아닐까? 아저씨의 자녀들은 아저씨를 만나러 온 적이 한 번도 없었다.

나는 탁자를 돌아가 아저씨의 목을 꼭 껴안았다. 아저씨의 희고 부드러운 머리카락이 내 이마를 스쳤다.

"망아지를 사 준다고 하셔서 이러는 건 아니에요. 다른 걸 해볼게요. 읽는 것 말예요."

"제제, 네가 글을 읽을 줄 안다고? 그게 무슨 소리냐? 누가 가르쳐 주었니?"

"아무도 가르쳐 준 적 없어요."

"거짓말하지 마라."

나는 아저씨 품을 벗어나 문 앞에 서서 말했다.

"제가 글 읽는 것을 보시려면 금요일에 망아지를 사 갖고
오세요."

며칠 후 저녁때였다. 잔디라 누나가 호롱불을 밝혔다. 전기
세를 내지 못해 전기회사인 '라이트'에서 전기를 끊었기 때문
이다. 나는 종이에 그려진 '별'을 보려고 까치발을 했다. 별 그
림 아래에는 집안을 돌봐 달라고 비는 기도문이 붙어 있었다.

"누나, 저것 좀 읽게 나 좀 올려 줘."

"장난치지 마, 제제. 누나 지금 바쁘거든."

"그러니까 날 좀 올려 줘 봐. 내가 읽는지 못 읽는지 보면 되
잖아."

"좋아, 제제. 너 장난이면 혼날 줄 알아."

누나는 나를 안아 문 뒤로 바짝 붙여 주었다.

"빨리 읽어 봐. 어디 한번 보자."

나는 가정의 안녕과 축복을 기원하고 악령을 쫓아 달라고
하늘에 비는 기도문을 읽었다.

잔디라 누나는 나를 바닥에 내려놓았다. 누나는 벌어진 입
을 다물지 못했다.

"제제, 너 그거 외운 거지? 지금 날 놀리는 거지?"

"누나, 난 뭐든지 읽을 수 있어."

"배우지 않고 읽는 사람은 없어. 에드문두 아저씨가 가르쳐 주셨니? 아니면 진지냐 할머니시니?"

"아무도 가르쳐 주지 않았어."

누나가 신문을 가져왔고 나는 그것마저 읽었다. 단 한 자도 틀리지 않고서 말이다. 그러자 누나는 괴성을 지르며 글로리아 누나를 불렀다. 글로리아 누나는 흥분해서 알라이데를 부르러 갔다. 그 바람에 눈 깜짝할 사이에 이웃사람들이 구경하러 몰려들었다.

또또까 형이 지금 알고 싶어 하는 것도 바로 이것이었다.

"아저씨가 글을 가르쳐 주면서 네가 제대로 배우면 망아지를 사 주겠다고 하셨지?"

"아니야, 아니라니까."

"아저씨한테 물어본다."

"물어봐. 나도 정말 어떻게 배웠는지 모르겠어, 형. 알면 정말 형한테 얘기했을 거야."

"됐어. 이제 가자. 너, 두고 봐. 나한테 뭘 해달라고 하기만 해 봐라."

형은 화가 났는지 내 손을 확 잡아당겼다.

그리고 고소하다는 듯 이렇게 말했다.

"잘 됐다, 이 바보. 그렇게 빨리 글을 배웠으니까 2월부터는 아마 학교에 가야 될걸."

이것은 잔디라 누나의 생각이었다. 그렇게 되면 오전이나마 집안이 잠잠해질 것이고, 나도 조금 얌전해지지 않을까 하는 바람에서 나온 생각이었다.

"히우-쌍빠울루 고속도로에 가서 한 번 더 연습하자. 학교에 갈 때마다 내가 길을 같이 건너줄 거 같아? 내가 네 종도 아니고…… 너는 잘났으니까 이것도 빨리 배워 봐."

***

"옛다, 망아지. 어디 한번 보자꾸나."

아저씨는 신문을 펼치고 약 광고의 한 부분을 가리켰다.

"이 상품은 모든 약국과 동종의 상품을 취급하는 가게에서 살 수 있습니다."

에드문두 아저씨는 뒤뜰에 있던 진지냐 할머니를 불렀다.

"어머니, 얘가 약국이란 말까지 정확히 읽네요."

두 분은 내게 다른 읽을 거리를 들이밀었고 나는 모두 읽어

냈다. 그러자 할머니는 세상이 뒤바뀔 일이라고 중얼거렸다.

난 망아지를 얻었고 다시 한 번 에드문두 아저씨를 껴안아 주었다. 그러자 아저씬 내 턱을 받쳐들고 감격에 겨운 목소리로 말했다.

"넌 큰 인물이 될 거다, 요 녀석. 네 이름을 주제*라고 지은 것도 우연이 아니라니까. 넌 태양이 될 거야. 별들이 네 주변에서 빛나게 될 게다."

난 아저씨가 하는 말을 이해할 수 없어 아저씨를 멀거니 바라보았다. 아저씨는 정말 정신병자가 아닐까 하고 생각했다.

"넌 이해 못할 거야. 이집트의 요셉에 대한 이야기란다. 네가 조금 더 크면 얘기해 주마."

난 이야기라면 사족을 못 썼다. 게다가 어려운 이야기라면 반쯤 미쳤다.

나는 한동안 망아지를 쓰다듬다가 에드문두 아저씨에게 물었다.

"아저씨, 다음 주쯤이면 제가 많이 커 있을 것 같지 않으세요?"

———

* 제제의 본래 이름. 요셉의 포르투갈식 발음.

2. 어떤 라임오렌지나무

우리 집에서는 형과 누나들이 어린 동생들을 차례로 맡아 보살폈다. 잔디라 누나는 글로리아 누나와 북쪽 지방에 양녀로 간 다른 누나를 돌봐 주었다. 안또니우* 형도 잔디라 누나의 몫이었다. 랄라 누나는 얼마 전까지 나를 돌봐 주었다. 누나는 나를 꽤 귀여워했다. 하지만 이제는 영화배우처럼 나팔 바지에

• 또또까의 본래 이름.

짧은 윗도리를 빼입은 남자친구에게 푹 빠져 내게 시큰둥해졌다. 우리가 일요일에 역으로 푸팅(누나의 남자친구는 늘 산책을 이렇게 말했다)을 하러 갈 때면 그는 내게 맛있는 사탕을 사주곤 했다. 그것은 식구들에게 미주알고주알 일러바치지 말라고 주는 입막음용이었다. 나는 그래서 에드문두 아저씨에게조차 푸팅이 무언지 물을 수 없었다.

내 밑으로 있던 동생 둘은 아주 어렸을 때 죽었다. 어른들이 하는 말을 듣고 알았는데 그 애들은 까무잡잡한 피부와 까만 생머리를 가져 영락없는 삐나제 인디언처럼 생겼다고 한다. 그래서 여자아이에게는 아라씨, 사내아이에게는 주란디르라는 이름을 붙였다고 한다.

그다음에 태어난 아이가 막내 루이스였다. 루이스를 주로 돌보는 사람은 글로리아 누나였고 그다음이 나였다. 사실 루이스는 아무도 돌볼 필요가 없었다. 너무 예쁘고 착하고 조용해서 있는지 없는지조차 모를 정도였기 때문이다.

그래서 루이스를 떼어 놓고 밖에 나가 놀고 싶다가도 그 아이가 또박또박 앙증맞게 말을 걸어오면 어찌나 귀여운지 마음을 고쳐먹을 수밖에 없었다.

"제제 형, 동물원 놀이 하자, 응? 오늘은 비가 올 것 같지 않은데, 그치?"

귀엽기도 해라. 말을 어쩜 이렇게 똑떨어지게 하는지. 이다음에 훌륭한 사람이 될 거야.

나는 맑게 갠 푸른 하늘을 쳐다보았다. 그러자 거짓말할 용기가 나지 않았다. 나는 가끔 동물원 놀이가 하기 싫을 때면 이렇게 말하고는 했다.

"미쳤니, 루이스? 저기 폭풍우가 몰려오는 것 좀 봐!"

하지만 오늘은 동생의 조막손을 잡고 뒤뜰로 모험을 나서기로 했다.

뒤뜰에서는 세 가지 놀이를 할 수 있었다. 동물원 그리고 줄리뉴 아저씨네의 잘 단장된 울타리 가까이에 있는 유럽. 그런데 왜 유럽일까? 글쎄. 그것은 내 마음속의 작은 새도 몰랐다.

유럽에서는 빵 지 아쑤까르 바위산의 케이블카 놀이를 했다. 단추 상자를 가져다 단추에 끈을 꿰면 케이블카 놀이를 할 수 있었다. 에드문두 아저씨는 끈을 줄이라고 말했다. 난 줄을 '죽'과 혼동했다. 아저씨는 발음이 서로 비슷하지만 죽은 음식이라고 설명해 주었다. 아무튼 끈의 한쪽 끝은 울타리에, 그리고 다른 한쪽은 루이스의 손끝에 매고 단추들을 하나씩 천천히 내려보낸다. 케이블카마다 우리가 알고 있는 사람들이 가득 타고 있다. 그중에서 까만 단추는 내 흑인 친구 비리끼뉴의 케이블카였다.

우리가 케이블카 놀이를 하고 있을 때면 울타리 너머에서 이런 말이 들려 왔다.

"제제, 너 우리 집 울타리를 망가뜨리고 있는 건 아니지?"

"아니에요, 디메린다 아줌마. 와서 보세요."

"암, 그래야지. 동생하고 얌전히 놀아라. 그게 더 좋지 않니?"

그것이 더 좋을 수도 있지만 내 대부인 악마가 나를 부추길 때는 장난을 치는 것보다 더 좋은 일은 없었다.

"아줌마, 작년처럼 크리스마스에 달력 하나 선물해 주실래요?"

"작년에 준 것은 어떻게 했니?"

"우리 집에 와서 보세요. 빵 바구니 위에 걸어 놨어요."

아줌마는 웃으면서 그러겠다고 약속했다. 아줌마의 남편은 쉬꾸 프랑꾸 상점의 점원이었다.

우리는 루씨아누를 데리고 놀 때도 있었다. 처음에 루이스는 루씨아누가 너무 무서워 내 바짓가랑이를 잡아 끌며 돌아가자고 떼를 썼다. 하지만 루씨아누는 내 친구였다. 내가 다가가면 떠들썩하게 울어 댔다. 글로리아 누나도 루씨아누를 좋아하지 않았다. 박쥐는 흡혈귀라서 아이들의 피를 빨아먹는 다고 말했다.

"아니야, 누나. 루씨아누는 안 그래. 걘 내 친구야. 날 알아 본단 말이야."

"너를 누가 말리겠니. 벌레를 좋아하지 않나, 물건들하고 얘기를 하지 않나……."

루씨아누가 벌레가 아니라는 것을 설명하는 것은 여간 힘 든 일이 아니었다. 루씨아누는 알폰소스 들판 상공을 날아다 니는 비행기였다.

"저것 좀 봐, 루이스!"

그러자 루씨아누는 우리의 말을 알아듣기라도 한 것처럼 우리 주위를 신나게 맴돌았다. 루씨아누가 내 말을 알아들은 것이 틀림없었다.

"루씨아누는 비행기야. 루씨아누는 지금……."

나는 기억을 더듬었다. 아무래도 아저씨한테 다시 가르쳐 달라고 해야 할 것 같았다. 고개비행인지 곡예비행인지 공예 비행인지 기억이 가물가물했다. 그중의 하나인 것만은 확실 했지만 동생한테 잘못 가르쳐 줄 수는 없었다.

다행히도 루이스는 지금 동물원 놀이를 하고 싶어 했다.

우리는 낡은 닭장 근처로 갔다. 닭장 속에는 땅을 파고 있는 흰 암탉 두 마리와 너무 순해서 우리가 볏을 만져도 가만히 있는 검은 암탉 한 마리가 있었다.

"입장권부터 사자. 내 손 꼭 잡아. 사람들이 많아서 길을 잃을지도 모른단 말이야. 일요일이라서 사람이 정말 많다, 그렇지?"

동생은 고개를 들어 사방을 두리번거리더니 내 손을 더욱 꼭 쥐었다.

매표소에서 나는 배를 쑥 내밀고 헛기침으로 인기척을 냈다. 그리고 호주머니에 손을 찌른 채 판매원에게 물었다.

"몇 살까지 돈을 안 내도 됩니까?"

"다섯 살까지입니다."

"그럼 어른 표 한 장만 주시오."

난 입장권 대신 오렌지나무 잎사귀 두 장을 따서 안으로 들어갔다.

"먼저 예쁜 새들을 보러 가자. 알록달록한 앵무새랑 잉꼬랑 금강앵무새를 봐. 여러 가지 색의 깃털로 덮인 저 새가 무지개 빛 금강앵무새란다."

신기한 듯 루이스의 눈이 휘둥그레졌다.

우리는 천천히 걸으며 여기저기를 둘러보았다. 너무 속속

들이 보는 바람에 의자에 앉아 오렌지 껍질을 벗기고 있는 글로리아 누나와 랄라 누나까지도 보고 말았다. 나를 쳐다보는 랄라 누나의 눈초리가 심상치 않았다. 벌써 들통난 건가? 그렇다면 이 동물원 놀이도 어떤 녀석 엉덩이의 몽둥이 찜질로 막을 내리겠군. 그 어떤 녀석이라는 건 나 말고 또 누가 있을까!

"제제 형, 이젠 뭘 보러 갈 거야?"

나는 다시 배를 쑥 내밀고 헛기침을 했다.

"이제 원숭이 우리로 가 보자. 에드문두 아저씨가 늘 잔나비라고 부르는 원숭이 말이야."

우리는 바나나 몇 개를 사서 원숭이들에게 던져 주었다. 이것은 원래 해서는 안 되는 일이었다. 하지만 사람들이 많아 경비원들은 눈치를 채지 못한 것 같았다.

"너무 가까이 가지 마. 저 녀석들이 너한테 바나나 껍질을 던진단 말이야."

"나, 빨리 사자 보고 싶어."

"그럼 그리로 가자."

난 오렌지를 까먹고 있는 두 마리 암 '원숭이'들이 있는 곳을 훔쳐보았다. 사자 우리에서 누나들의 얘기를 엿들을 수 있었다.

"다 왔어."

나는 누런 아프리카 암사자 두 마리를 가리켰다. 그때 동생이 검은 표범의 머리를 쓰다듬으려 했다.

"무슨 짓이야, 꼬맹아? 그 검은 표범은 이 동물원에서 가장 사나운 놈이야. 그 녀석은 서커스단에서 조련사의 팔을 열여덟 개나 뜯어먹어서 여기로 보내진 거란 말이야."

루이스는 겁먹은 얼굴로 재빨리 팔을 거둬들였다.

"저게 서커스단에서 왔다고?"

"그래."

"무슨 서커스단인데, 형? 전엔 그런 얘기 한 적 없잖아."

나는 생각하고 또 생각했다. 내가 아는 사람 중에 서커스단 이름으로 써먹을 수 있는 게 뭐 없나?"

"아! 로젬베르그 서커스단에서 왔어."

"그건 빵집 이름 아니야?"

이젠 동생도 아는 것이 많아져서 거짓말 하기가 점점 힘들었다.

"이름만 같은 거야. 우리 이제 간식이나 먹자. 너무 많이 걸었어."

우리는 앉아서 먹는 시늉을 했다. 그러는 동안 내 귀는 누나들이 하는 말에 쏠려 있었다.

"우리가 저 애한테 배울 점도 있어, 랄라. 저렇게 의젓하게 동생하고 함께 노는 것 좀 봐."

"그건 그래도 루이스는 쟤처럼 장난이 심하진 않아. 아무리 장난이라지만 너무 심하다니까."

"맞아. 저 애의 피 속에는 악마의 피가 흐르는지도 몰라. 그런데 참 희한하지? 저렇게 사고를 치고 다녀도 저 앨 욕하는 사람이 별로 없다니까."

"집에선 허구한 날 슬리퍼로 매만 맞고. 그래도 언젠가는 철들 날이 오겠지."

난 글로리아 누나에게 감사의 눈길을 보냈다. 누나는 항상 나를 구해 주었다. 그리고 그럴 때마다 나는 더 이상 말썽을 피우지 않겠다고 누나에게 맹세했다.

"나중에 얘기하자. 지금은 안 되겠어. 쟤네들 너무 조용하지 않니?"

누나는 이미 모두 알고 있는 것 같았다. 내가 개울 근처에 있는 셀리나 아줌마네 뒤뜰로 들어갔다는 사실을 말이다.

나는 빨랫줄에 매달려 바람에 흔들리는 그 많은 팔과 다리가 너무 신기했다. 그러자 악마가 그것들을 한번에 떨어뜨릴 수 있다고 나를 부추겼다. 내가 생각해 봐도 재미가 있을 것 같았다. 그래서 개울 근처에서 날카로운 유리 조각을 집어 오렌지나무 위로 올라가 힘껏 빨랫줄을 끊었다. 빨랫줄이 끊길 때 하마터면 나도 함께 떨어질 뻔했다. 고함소리가 들리고 사람들이 모여들었다.

"아이고, 도와주세요! 빨랫줄이 끊어졌어요."

그러자 어디선가 더 크게 외치는 소리가 있었다.

"빠울루네 그 못된 아들놈이에요. 녀석이 유리 조각을 들고 오렌지나무 위로 올라가는 걸 제가 봤어요."

"제제 형?"

"응, 루이스?"

"형은 어떻게 동물원에 대해서 그렇게 많이 알아?"

"많이 가 봤으니까."

거짓말이었다. 사실은 모두 에드문두 아저씨에게 들은 이야기다. 아저씨는 어느 날인가 나를 동물원에 데려가 주겠다고 약속했다. 하지만 정작 가더라도 아저씨의 그 느린 걸음으로는 아무것도 보지 못할 시간에 도착할 게 뻔했다. 또또까 형은 아버지와 한 번 동물원에 간 적이 있었다.

"내 맘에 가장 드는 동물원은 '빌라 이자벨' 구역 드루몽 남작 거리에 있는 거야. 드루몽 남작이 누군지 넌 모르지? 모르는 게 당연해. 그런 걸 알기에는 아직 어리니까. 남작이란 사람은 분명히 하느님의 친한 친구였을 거야. 하느님이 동물 도박*과 동물원을 만드실 때 그 분이 도와드렸을 거야. 네가 조금 더 크면…….”

누나들은 아직도 그곳에서 이야기를 나누고 있었다.

“내가 조금 더 크면, 뭐라고?”

“조그만 게 많이도 묻네. 네가 크면 동물하고 동물 번호도 가르쳐 주겠다고. 스물까지만. 스물에서 스물다섯 사이엔 암소, 황소, 곰, 사슴, 호랑이가 있다는 건 기억나는데 동물의 정확한 번호는 까먹었어. 내가 한번 알아볼게. 네게 틀리게 가르쳐 주기는 싫으니까.”

동생은 동물원 놀이에 싫증이 난 모양이었다.

“제제 형! ‘작은 오두막집’ 좀 불러 줘.”

“여기 이 동물원에서? 이렇게 사람이 많은데?”

“아냐. 우린 벌써 동물원에서 돌아왔어.”

“노래가 엄청 길어. 네가 좋아하는 데만 부를게, 응? 그게

• 동물에 숫자를 붙여 숫자의 조합을 맞히는 브라질의 불법 도박 중 하나.

매미가 나오는 부분이었지, 아마?"

나는 가슴을 쭉 폈다.

내가 태어난 곳을 아시나요
작은 오두막집이랍니다
과수원이 달려 있는
아주 작은 오두막집이랍니다
언덕 꼭대기에 있어
멀리 바다가 보인답니다

난 몇 구절을 슬쩍 뛰어넘었다.

아름다운 야자나무 사이로
황금빛 해가 서산에 질 때면
매미들이 노래하지요
처마 사이로 지평선이 보이고
정원에는 분수가 노래하고
분수 가에선 꾀꼬리가 노래하지요

노래를 끝냈다. 누나들은 여전히 그 자리에서 나를 기다리고 있었다. 내게 문득 생각이 떠올랐다. 노래를 부르면서 저녁까지 시간을 끌자는 생각이었다. 그러면 혹시 누나들이 포기할지도 몰랐다.

그러나 포기하는 일은 일어나지 않았다. 난 〈작은 오두막집〉을 끝까지 다 부르고 나서 그 노래를 한 번 더 불렀다. 그리고 〈너의 스쳐간 사랑〉도 부르고 〈라모나〉까지 불렀다. 〈라모나〉는 가사가 다른 두 가지를 모두 불렀다. 그래도 변화의 조짐은 전혀 없었다. 그러자 눈앞이 깜깜해졌다. 어차피 맞을 매라면 차라리 빨리 맞는 게 나을 것 같았다. 그래서 누나들이 있는 곳으로 갔다.

"자, 랄라 누나. 때릴 테면 때려."

매를 맞으려고 누나 쪽으로 등을 돌렸다. 그리고 누나가 슬리퍼를 내리칠 때의 힘이 얼마나 센지 알고 있었기에 이를 꽉 물었다.

***

의견을 낸 사람은 엄마였다.

"오늘은 모두 새 집을 보러 가자."

또또까 형은 한쪽으로 나를 불러내더니 낮은 소리로 엄포를 놓았다.

"우리가 벌써 새 집에 갔다 왔다고 불면 죽을 줄 알아."

그러나 난 꿈에도 그런 생각을 해 본 적이 없었다.

우리 집 식구 한 떼거리가 거리로 나섰다. 글로리아 누나는 내 손을 잡으며 단 일 분도 놓지 말라고 엄명했다. 나는 남은 손으로 루이스의 손을 잡았다.

"엄마, 이사는 언제 가나요?"

엄마는 슬픈 목소리로 글로리아 누나에게 말했다.

"크리스마스를 지내고 그다음다음 날부터는 이삿짐을 싸기 시작해야 할 거다."

엄마는 피로에 지친 목소리로 말씀하셨다.

엄마가 몹시 불쌍해 보였다. 엄마는 태어나면서부터 일만 했다. 공장이 들어서던 여섯 살 때부터 일을 했다. 사람들이 엄마를 작업대 위에 올려놓으면 엄마는 쇠붙이를 닦고 훔쳐야만 했다. 너무 어려서 혼자 내려올 수 없었기 때문에 그 위에서 소변을 보았다. 학교에 다녀 본 적도 없고 읽는 법을 배운 적도 없었다. 이 이야기를 들었을 때 난 너무 마음이 아파서 내가 커서 시인이 되고 만물박사가 되면 꼭 내 시를 읽어 드리겠다고 맹세했다.

상점의 진열대는 크리스마스 분위기를 한층 돋우고 있었다. 진열장 문마다 산타클로스가 그려져 있는 것 같았다. 게다가 상점들에는 혼잡한 크리스마스 당일을 피해 미리 카드를 사러 나온 사람들로 붐볐다. 난 이번 크리스마스에 하느님의 착한 아기 예수가 내 안에 태어났으면 하고 은근한 기대를 품고 있었다. 꼭 착한 예수가 내게 태어나기를. 아무튼 나도 철이 들면 좀 나아질 것 같기도 했다.

"여기란다."

지금 사는 집보다 약간 작았지만 모두들 마음에 들어 했다. 엄마가 또또까 형의 도움을 받아 대문의 철사줄을 풀고 문을 열자 형제들이 후다닥 안으로 뛰어 들어갔다.

글로리아 누나는 어린아이처럼 내 손을 떨쳐 내고 몸을 흔들며 달려 들어갔다. 그리고 망고나무를 껴안았다.

"이 망고나무는 내 거야. 내가 먼저 발견했으니까."

안또니우 형도 따마린두나무를 껴안고 누나와 똑같이 말했다. 나를 위해 남은 것은 하나도 없었다. 난 울상을 지으며 글로리아 누나를 쳐다보았다.

"그럼 나는, 누나?"

"바보야, 빨리 뒤쪽으로 가 봐. 나무가 더 있을 거야."

달려가 보았지만 거기엔 수북히 자란 풀과 가시가 많은 늙은 오렌지나무 몇 그루 그리고 개울 곁에 있는 조그마한 라임오렌지나무 한 그루뿐이었다.

난 속이 상했다. 모두들 침실을 둘러보며 방을 정하고 있었다.

난 글로리아 누나의 치마를 잡아당겼다.

"아무것도 없어."

"네가 제대로 찾아보지 않아서 그래. 내가 찾아 줄 테니까 잠깐 기다려."

잠시 후 누나가 내 쪽으로 왔고 우리는 오렌지나무들을 살펴보았다.

"넌 저 나무는 별로야? 아주 멋진 오렌지나무 아니니?"

전혀 마음에 들지 않았다. 이것도 저것도 모두 시들하여 어느 것 하나 마음에 들지 않았다. 전부 가시만 잔뜩 나 있었다.

"저렇게 못생긴 것들을 갖느니 차라리 저 라임오렌지나무가 낫겠어."

"어디 있는데?"

우리는 라임오렌지나무 쪽으로 갔다.

"어머나, 참 예쁜 라임오렌지나무네. 가시도 하나 없어. 멀리서 봐도 라임오렌지나무란 걸 금방 알겠다. 내가 너만 했으면 딴 나무는 바라지도 않겠다, 얘."

"그래도 난 커다란 나무가 좋단 말야."

"잘 생각해 봐, 제제. 이 나무는 아직 어리지만 자라면 아주 멋진 오렌지나무가 될 거야. 그리고 너랑 함께 커 가는 거야. 그럼 너희들은 형제처럼 사이 좋게 지낼 수 있잖아. 나뭇가지 좀 봐! 그래, 이 나무밖에 없는 건 사실이야. 하지만 네가 탈 수 있도록 만든 망아지 같지 않니?"

나는 내가 세상에서 가장 재수 없는 아이라고 생각했다. 천사들이 그려진 스코틀랜드 술병이 생각났다. 그때도 랄라 누나는 천사 하나를 골라 '이게 나야' 하고 말했다. 글로리아 누나도 다른 천사 하나를 골랐고 또또까 형도 다른 하나를 골랐다. 그리고 나에게 남은 것은? 뒷줄에 날개도 없이 얼굴만 그려진 천사뿐이었다. 완전한 천사라고는 할 수 없는 네 번째 스코틀랜드 천사였다. 왜 나는 늘 꼴찌여야만 하지? 내가 크면 두고 보라고. 아마존 정글을 다 살 거야. 그럼 하늘을 꿰뚫는 나무들은 모두 내 것이 되겠지. 천사가 많이 그려진 술병으로 꽉 차 있는 가게도 살 거야. 날개 한 쪽도 주지 않을 거야.

나는 화가 나서 땅바닥에 주저앉았다. 그리고 라임오렌지 나무에 기대어 마음을 가라앉혔다. 글로리아 누나는 웃으며 돌아갔다.

"제제, 그런 화는 금세 풀릴 거야. 내 말이 맞는지 아닌지 두고 봐."

나뭇가지로 땅을 훑었다. 씩씩거림도 잦아들었다. 그때 내 마음속 어딘가에서 어떤 소리가 들려왔다.

"난 네 누나의 말이 맞다고 생각해."

"언제나 자기들 말만 맞다고 그래. 내 말만 틀리대."

"그렇지 않아. 네가 날 자세히 보면 알 수 있을 거야."

나는 깜짝 놀라 벌떡 일어나서 어린 나무를 자세히 살펴보았다. 지금까지 내가 사물들과 이야기할 수 있었던 것은 내 마음속의 작은 새가 말을 해 주기 때문이라고 생각했는데 신기한 일이었다.

"정말 네가 말을 하는 거니?"

"내가 하는 말을 지금 듣고 있잖아?"

나무는 그렇게 말하고 나지막이 웃었다. 난 하마터면 비명을 지르며 뒤뜰을 뛰쳐나갈 뻔했다. 그러나 호기심이 나를 묶어 놓았다.

"어디로 말하는 거니?"

"나무는 몸 전체로 얘기해. 잎으로도 얘기하고 가지랑 뿌리로도 얘기해. 들어 볼래? 그럼 귀를 내 몸에 대어 봐. 내 심장이 뛰는 소리가 들릴 거야."

난 조금 망설였으나 나무의 크기를 생각하니 두려움이 사라졌다. 귀를 대자 '틱틱' 하는 소리가 아련히 들렸다.

"들었어?"

"딱 하나만 말해 줄래? 다른 사람도 네가 얘기한다는 걸 알아?"

"아니, 오직 너만."

"정말?"

"맹세할 수 있어. 어떤 요정이 말해 주었어. 너처럼 작은 꼬마와 친구가 되면 말도 하게 되고 아주 행복해질 거라고 말이야."

"그럼 기다려 줄 수 있겠어?"

"뭘?"

"내가 이사올 때까지 말야. 아직 일주일도 더 남았어. 그때 가면 네가 말하는 걸 잊어버리지 않을까?"

"절대로 잊지 않아. 다시 말하지만 너만을 위해서야. 내가 얼마나 부드러운지 시험해 볼래?"

"어떻게?"

"내 가지에 올라타 봐."

나는 그렇게 했다.

"이젠 약간 흔들어 봐. 그리고 눈을 감아 봐."

역시 나무가 시키는 대로 했다.

"어때? 이제껏 나보다 더 좋은 망아지를 타 본 적 있어?"

"없어. 너무 좋아. 내 망아지 '달빛'을 동생에게 줘도 되겠어. 너도 그 앨 좋아하게 될 거야, 알겠니?"

나는 흡족한 기분이 되어 내 라임오렌지나무에서 내려왔다.

"있잖아, 내가 약속할게. 이사오기 전이라도 될 수 있는 대로 자주 와서 너랑 놀게. 이젠 가봐야 해. 다들 벌써 저기 나가고 있거든."

"하지만 친구, 친구끼리 이런 식으로 헤어지지는 않아."

"쉿! 저기 누나가 오고 있어."

내가 나무를 껴안고 있는 바로 그때 글로리아 누나가 다가왔다.

"잘 있어, 친구! 넌 세상에서 가장 멋진 나무야."

"내가 뭐라 그랬니?"

"그래, 맞아. 이제는 누나나 형이 망고나무나 따마린두나 무랑 바꾸자고 빌어도 안 바꿀 거야."

누나는 다정스레 내 머리를 쓰다듬었다.

"아이구, 이 귀여운 녀석!"

우리는 손을 잡고 걸어 나왔다.

"누나, 누나는 누나 망고나무가 얼간이라고 생각하지 않아?"

"아직은 잘 모르겠어. 약간 그런 것 같기도 해."

"또또까 형 나무는?"

"그래, 그건 별로 쓸모없어. 그런데 왜?"

"얘기해도 좋을지 모르겠어. 하지만 누나한테만은 언젠가 이 기적 같은 일을 얘기해 줄게, 고도이아 *."

• 글로리아의 애칭.

3. 가난에 찌든 손가락

에드문두 아저씨에게 내 걱정을 털어놓자 아저씨는 진지하게
들었다.

"그게 바로 네 걱정이란 말이지?"

"네, 아저씨. 루씨아누가 우리랑 같이 이사 가지 않을까 봐
걱정이에요."

"넌 그 박쥐가 널 굉장히 좋아한다고 생각하니?"

"그럼요."

"마음속 깊이?"

"틀림없다니까요."

"그렇다면 박쥐는 꼭 갈 게다. 조금 늦게 나타날지도 모르지만 언젠가는 꼭 네 집을 찾아낼 거야."

"이사 갈 집 주소도 가르쳐 주었어요."

"그렇다면 더욱 쉬운 일이지. 만약 못 간다면 그건 다른 약속이 있기 때문일 거야. 그땐 자기 형제나 사촌 중에 하나를 보낼 게다. 그래도 넌 그게 다른 박쥐라는 걸 알아채지 못할 게야."

그래도 여전히 걱정이 남았다. 루씨아누가 글을 읽을 줄 모른다면 집 주소가 무슨 소용이 있을까? 작은 새나 사마귀나 나비 같은 것들에게 물어서 온다면 모를까.

"걱정 마라, 제제. 박쥐는 방향 감각이 있으니까."

"뭐가 있다고요, 아저씨?"

아저씨는 방향 감각이 무엇인지 설명했다. 난 아저씨의 해박한 지식에 감탄하지 않을 수 없었다.

걱정거리가 사라지자 나는 사람들에게 우리 집이 이사한다는 소식을 전하려고 거리로 나왔다. 어른들은 모두들 기뻐해 주었다.

"너희 이사하니, 제제? 잘됐네! 다행이야! 이제 한시름 놓겠다!"

별 반응을 보이지 않은 사람은 비리끼뉴뿐이었다.

"길 건너편이라 다행이야. 우리 집 근처거든. 그런데 내가 얘기한 거 생각해 봤니?"

"언제라 그랬지?"

"내일 여덟 시. 방구 카지노 정문. 공장 주인이 장난감을 한 트럭 사라고 했다던데. 너, 갈 거지?"

"가야지. 루이스를 데리고 갈래. 그런데 나한테도 장난감을 줄까?"

"물론이지. 이렇게 콩알만 한데. 넌 네가 어른이라고 생각해?"

비리끼뉴가 내게 다가섰다. 그래서 나는 내가 아직도 매우 작다는 걸 알았다. 내가 생각했던 것보다 훨씬 더 말이다.

"나도 장난감을 받을 수 있단 말이지……. 그렇다면 지금 할 일이 있어. 내일 거기서 만나자."

난 집으로 돌아와 글로리아 누나 곁을 맴돌았다.

"왜 그래?"

"누나가 우릴 좀 데려다줘. 장난감을 산더미같이 실은 트럭이 시내에서 온대."

"쓸데없는 소리 마, 제제. 난 할 일이 태산 같아. 옷도 다려야 하고, 잔디라 언니 이삿짐 싸는 것도 도와줘야 해. 부엌일도 해야 하고……."

"헤알렝고시에서 사관생도들이 잔뜩 온대."

누나는 자신이 루디라고 부르는 영화배우 루돌프 발렌티노 사진 모으기 말고도 사관생도라면 무조건 좋아하는 버릇이 있었다.

"사관생도들이 아침 여덟 시에 어떻게 오니? 내가 바본 줄 알아? 나가 놀기나 해, 제제!"

그래도 난 나가지 않았다.

"알잖아, 누나? 나는 안 가도 괜찮아. 하지만 루이스한테 데려다주겠다고 약속했단 말야. 그 앤 아직 어려. 그 나이엔 크리스마스 생각만 한단 말야."

"제제, 못 간다고 말했잖아. 그리고 루이스 핑계 대지 마. 정말 가고 싶은 건 너잖아. 살다 보면 크리스마스는 해마다 있어."

"만일 내가 죽으면? 그럼 이번 크리스마스에 선물도 못 받고 죽는 거야."

"넌 그렇게 일찍 죽지 않아, 이 아저씨야. 에드문두 아저씨나 베네딕뚜 아저씨보다 곱절은 더 살걸. 그러니까 이제 그만

하고 나가 놀아."

그래도 난 나가지 않고 계속 누나 앞을 알짱거렸다. 누나가 옷장에 무언가를 가지러 갈 때는 흔들의자에 앉아 애원하는 눈빛으로 바라보았다. 누나에게는 그런 눈빛이 효과가 있었기 때문이다. 누나가 세탁장에 물을 뜨러 갈 때는 문지방에 앉아 애처로운 눈빛을 보냈다. 또 빨랫감을 가지러 방으로 갈 때는 침대에 앉아 턱을 괴고 가여운 눈으로 쳐다보았다.

그러자 누나는 폭발하고 말았다.

"그만해, 제제. 몇 번이나 못 간다고 그랬니? 제발 약 올리지 말고 나가 놀아!"

그래도 난 나가지 않았다. 아니 나가지 않으려 했다는 편이 옳겠다. 왜냐하면 누나가 나를 번쩍 들어서 문 밖 뒤뜰에 내려놓았기 때문이다. 그리고 누나는 안으로 들어가 부엌 문과 거실 문을 닫아 버렸다. 그래도 난 포기하지 않았다. 누나가 지나가는 창문마다 쫓아다니며 얼굴을 내밀었다. 누나는 집안 먼지를 털고 침대 정리를 하면서 나와 눈길이 마주치기만 하면 그 창문을 닫아 버렸다. 그래서 결국 집안 문이란 문은 모두 닫혔다.

"야, 나쁜 마녀야! 억센 털 러시아 고양이! 너는 사관생도

54

한테는 절대 시집 못 갈 거야! 군화 닦을 돈도 없는 가난뱅이 졸병하고나 결혼해라!"

쓸데없이 시간만 낭비한 데에 화가 잔뜩 나서 집 밖으로 나왔다.

길에서는 나르디뉴가 무언가를 가지고 놀고 있었다. 넋이 빠진 듯 쪼그려 앉아 무언가를 뚫어져라 보고 있었다. 나는 가까이 다가갔다. 지금까지 내가 본 것 중에 가장 큰 딱정벌레를 성냥갑에 묶어 수레를 만든 것이었다.

"와—!"

"엄청 크지?"

"바꾸자."

"뭐하고?"

"그림 딱지하고."

"몇 장?"

"두 장."

"웃기네. 이렇게 큰 딱정벌레를 고작 딱지 두 장하고 바꾸자고?"

"그딴 딱정벌레는 우리 에드문두 아저씨네 개울가에도 잔뜩 있어."

"세 장 주면 바꿀게."

"좋아, 대신 고르긴 없다!"

"그럼 싫어. 최소한 두 장은 골라야지."

"좋아."

나는 여러 장 있는 '라우라 라 뿔란떼' 딱지를 한 장 주었고 그는 '후트 깁슨'과 '패치 루드밀러'를 골랐다. 나는 딱정벌레를 받아 호주머니에 넣고 그 자리를 떠났다.

***

"빨리 해, 루이스. 글로리아 누나는 빵 사러 갔고 잔디라 누나는 흔들의자에서 책을 보고 있어."

우리는 서로의 몸을 부대끼며 좁은 골마루로 나갔다. 난 동생의 오줌을 누였다.

"실컷 눠. 대낮에 길거리에다 실례할 수는 없잖아."

그리고 세탁대로 가서 동생의 얼굴을 씻겼다. 나도 세수를 하고 방으로 돌아왔다.

그다음엔 소리 없이 동생의 옷을 갈아 입히고 신발도 신겼다. 거지 같은 양말은 거치적거리기만 했다. 동생이 입은 파란 양복의 단추를 채우고서 빗을 찾았다. 동생의 머리는 좀처럼 차분해지지 않았다. 무슨 수를 써야 할 것 같았다. 사방을 둘러보았지만 쓸 만한 것이 없었다. 포마드도 머릿기름도 없었다. 부엌으로 가서 손끝에 돼지기름을 약간 묻혀 왔다. 그리고 손바닥을 비벼 먼저 냄새를 맡았다.

"고약한 냄새는 안 나."

동생 머리에 기름을 바르고 빗질을 하니 머리 모양이 아주 예뻐졌다. 수북한 곱슬머리 타래는 마치 양을 등에 업은 성 요한 같아 보였다.

"옷 구겨지지 않게 거기 가만히 서 있어. 나도 옷 입을 테니까."

난 바지와 흰 셔츠를 입는 동안에도 동생에게서 눈을 떼지 않았다.

"무지무지 예쁘다! 우리 방구시에서 너만큼 예쁜 애는 없을 거야."

나는 이듬해 입학할 때까지 아껴 신어야 할 운동화를 신었다. 그러면서도 계속 루이스를 바라보았다.

예쁘게 잘 꾸며서인지 조금 자란 아기 예수와 분간이 안 될 정도였다.

'저 앤 틀림없이 많은 선물을 얻을 거야. 장담할 수 있어. 사람들이 저 애를 보면……'

나는 가슴이 두근거렸다. 글로리아 누나가 막 돌아와 탁자 위에 빵을 올려놓았다. 빵을 사온 날에는 포장지 소리만 들어도 알 수 있었다.

우리는 손을 잡고 나와 누나 앞에 섰다.

"얘 아주 예쁘지, 고도이아? 내가 차려 줬어."

누나는 화를 내는 대신 문에 몸을 기대고 위를 쳐다보았다. 머리를 내렸을 때 누나의 두 눈에는 눈물이 가득 고여 있었다.

"너도 아주 예뻐. 오, 제제!"

누나는 무릎을 꿇어 내 머리를 품에 안아 주었다.

"맙소사! 어떤 사람들에겐 산다는 게 왜 이렇게 힘든 걸까?"

누나는 슬픔을 가누고 우리의 차림새를 매만져 주었다.

"너희들을 데려다줄 수 없다고 내가 말했지. 정말 데려다줄 수 없어, 제제. 난 할 일이 너무 많아. 우선 아침을 먹으면서 생각해 보자. 내가 데려다주고 싶어도 난 몸치장할 시간도 없어."

누나는 머그잔을 내어 놓고 빵을 잘랐다. 그러면서도 계속 우리를 애처롭게 바라보았다.

"그까짓 싸구려 고물 장난감을 얻자고 이런 고생을 해야 하다니. 그 사람들이 가난한 사람들에게 좋은 물건을 줄 리도 없잖아. 가난한 사람들이 얼마나 많은데."

잠시 중단했다가 계속했다.

"어쩌면 이번이 마지막 기회일지도 몰라. 너희들이 가겠다면 나도 말릴 수 없어. 그런데 어쩌지? 너희들은 너무 어려."

"내가 잘 데리고 갈게. 손을 꼭 잡고 잠시도 놓지 않을게, 누나. 히우-쌍빠울루 간 고속도로도 건널 필요가 없어."

"그래도 위험해."

"아냐, 아냐, 괜찮아. 난 방향 감각이 있단 말야."

누나는 슬픔 속에서도 웃음을 감추지 못했다.

"누가 그런 말을 가르쳐 줬어?"

"에드문두 아저씨. 아저씨 말씀이 루씨아누는 방향 감각이 있대. 나보다 작은 루씨아누에게 방향 감각이 있다면 훨씬 더 큰 나는……."

"잔디라 언니한테 얘기해 볼게."

"시간 낭비야. 잔디라 누나는 그만둬. 잔디라 누나는 소설이나 보고 남자친구 생각만 하잖아. 누나는 아마 신경도 안 쓸 거야."

"이렇게 하자. 우선 아침을 마저 먹고 대문 앞으로 나가자. 만약에 아는 사람 중에 그쪽으로 가는 사람이 있으면 내가 너희들을 데려다 달라고 부탁할게."

늦을까 봐 나는 빵도 먹고 싶지 않았다. 우리는 대문으로 나갔다.

사람은 아무도 지나가지 않았고 시간만 지나갔다.

드디어 한 사람이 나타났다. 우체부 빠이샹 씨가 멀리서 오고 있었다. 그는 모자를 벗으며 글로리아 누나에게 인사를 했다. 그는 기꺼이 우리를 데려다주겠다고 했다.

글로리아 누나는 루이스와 내게 키스를 하고는 목멘 소리로 웃으며 말했다.

"가난뱅이 졸병과 군화가 어떻다고?"

"거짓말이야. 진심이 아니었어. 누나는 어깨에 별이 잔뜩 달린 공군 소령하고 결혼할 거야."

"왜 너희들 또또까랑 가지 않니?"

"또또까 형은 안 간대. 우리가 짐이 되니까 싫은가 봐."

우리는 출발했다. 빠이샹 씨는 우리를 앞서 걷게 했다. 그리고 집집마다 편지를 전해 준 뒤 발걸음을 재촉해 우리들을 따라 잡았다. 우리는 계속 그런 식으로 나아갔다. 그런데 히우-쌍빠울루 간 고속도로에 다다르자 그는 웃는 얼굴로 말했다.

"얘들아, 나는 매우 바쁘단다. 그런데 너희들 때문에 내 일이 자꾸 늦어지고 있거든. 이젠 위험한 길도 없으니까 너희들끼리 그쪽으로 쭉 가거라."

그러고는 편지와 종이 뭉치를 겨드랑이에 끼고 급히 가 버렸다.

생각해 보니 화가 치밀었다.

"비겁한 녀석! 우릴 데려다주겠다고 글로리아 누나에게 약속했으면서. 이제 와서 어린애들을 길거리에 내버리고 가다니!"

나는 루이스의 손을 더 꼭 잡았다. 그리고 계속 걸었다. 동생은 지치기 시작했다. 걸음이 점점 느려졌다.

"힘 내, 루이스. 거의 다 왔어. 장난감이 많이 있대."

루이스는 조금 빨리 걷는가 싶더니 이내 다시 처졌다.

"제제 형, 힘들어."

"조금만 안아 줄까?"

나는 팔을 벌린 동생을 안고 얼마 동안 걸어갔다. 동생은 납덩이처럼 무거웠다. 쁘로그레수 거리에 이르렀을 땐 오히려 내가 숨을 헐떡였다.

"이젠 너 혼자 조금 걸어 봐."

교회 종이 여덟 시를 알리고 있었다.

"어떡하지? 일곱 시 반까지는 갔어야 했는데. 하지만 걱정
마. 사람들도 많고 장난감도 남았을 거야. 한 트럭 가득 싣고
온다고 했어."

"형, 나 발 아파."

나는 무릎을 꿇었다.

"신발 끈을 약간 느슨하게 하면 나아질 거야."

우리의 발걸음은 점점 더 느려졌다. 아무리 가도 시장은 나
타나지 않았다. 시장을 지나서도 초등학교를 거쳐 오른쪽으
로 돌아가야 방구 카지노 거리가 나온다. 설상가상으로 시간
은 나는 듯이 흘러갔다.

우리는 거의 녹초가 되어 도착했다. 그러나 그곳엔 아무도
없었다. 장난감을 나눠 준 흔적조차 없었다. 아니 있기는 있었
다. 장난감을 쌌던 포장지들이 구겨진 채 길바닥에 널브러져
있었다. 모래밭은 찢어진 포장지들로 알록달록했다.

내 가슴은 걱정으로 두근대기 시작했다.

우리는 카지노 앞에 다다랐다. 그리고 카지노의 문을 닫고

있는 꼬끼뉴 씨와 마주쳤다.

나는 벌겋게 들뜬 얼굴로 물었다.

"꼬끼뉴 아저씨, 벌써 다 끝났어요?"

"다 끝났다, 제제. 너희들 너무 늦게 왔구나. 사람들로 홍수를 이뤘단다."

그는 한쪽 문을 닫고는 착한 사람 특유의 미소를 지어 보였다.

"아무것도 남지 않았단다. 내 조카들 줄 것도 못 남겼어."

그러고는 나머지 문을 마저 닫고 거리로 나왔다.

"내년엔 좀 더 일찍 오도록 해라, 잠꾸러기들아!"

"괜찮아요."

사실은 괜찮지 않았다. 너무도 슬프고 실망스러워서 이런 일을 당하느니 차라리 죽고만 싶었다.

"여기 앉아서 좀 쉬자."

"목말라, 형."

"로젬베르그 빵집에서 물 한 컵 얻어다 줄게. 한 컵이면 둘이 실컷 마실 수 있을 거야."

그제서야 동생은 모든 비극을 알아챈 듯했다. 입을 불쑥 내밀고 눈물을 글썽이며 말없이 나를 바라보았다.

"걱정 마, 루이스. 너 내 망아지 '달빛' 알지? 내가 또또까 형한테 막대기를 고쳐 달라고 부탁해서 크리스마스 선물로 줄게."

루이스는 소리를 내어 울었다.

"그러지 마, 루이스. 울지 마. 넌 왕이야. 아빠가 그러시는데, 네 이름을 루이스라 지은 건 그게 왕의 이름이기 때문이래. 왕이 길바닥에서 울 수 있어? 더군다나 남들 앞에서, 응?"

나는 동생의 머리를 가슴에 안고 곱슬머리를 쓰다듬어 주었다.

"내가 이다음에 크면 마누엘 발라다리스 씨 것 같은 멋진 차를 사 줄게. 포르투갈 사람 말이야, 생각나? 우리가 저번에 망가라치바*를 배웅하려고 역에 갔을 때 우리 곁을 스쳐 간 사람 있잖아. 그런 멋진 차에 선물을 가득 실어서 너만 줄게. 왕은 우는 거 아니야. 그러니까 울지 마, 알았지?"

내 가슴은 안쓰러움으로 터질 것만 같았다.

"꼭 사주겠다고 맹세할게. 사람을 죽이거나 훔치기라도 해서……."

———

이 말은 내 마음속의 작은 새가 한 것이 아니었다. 그것은 분명히 내 마음의 소리였다.

'왜 이래야만 할까? 어째서 착한 아기 예수는 날 싫어하는 거지? 외양간의 당나귀나 소들까지도 좋아하면서 왜 나만 싫어하냐고? 내가 악마 같아서 벌을 주는 건가? 만약 내게 벌을 주는 거라면 내 동생 루이스에게는 왜 선물을 주지 않는 거야? 말도 안 돼. 루이스는 이렇게 천사 같은데. 하늘의 천사도 우리 루이스만큼 착하진 못해……'

그러자 바보처럼 눈물이 흘러내렸다.

"제제 형, 울어?"

"금방 괜찮아질 거야. 그리고 난 너처럼 왕도 아니고 아무 짝에도 쓸모없는 애잖아. 난 아주 나쁜 애야. 정말 정말 나쁜 애. 그래서 그래."

***

"또또까 형, 새집에 가 봤어?"

"아니. 넌?"

"틈나는 대로 자주."

"웬 정성이야?"

"밍기뉴가 잘 있는지 궁금해서."

"밍기뉴는 또 어떤 악마야?"

"내 라임오렌지나무야."

"썩 어울리는 이름인걸! 넌 이름 짓는 데는 뭔가 있어."

형은 씩 웃고는 망아지 '달빛'의 새로운 몸이 될 막대기를 계속 갈았다.

"그래, 좀 어때?"

"조금도 자라지 않는 것 같아."

"그렇게 밤낮 쳐다보고 있으면 자라지 않아. 어때, 예쁘게 되어 가지? 이런 막대기를 만들어 달라는 거였지?"

"응, 형. 형은 어떻게 뭐든지 그렇게 잘 만들어? 형은 새장, 닭장, 울타리, 작은 문 모두 만들잖아."

"누구나 다 나비넥타이를 맨 시인이 되려고 태어나는 게 아니잖아. 그리고 너도 맘만 먹으면 배울 수 있어."

"아냐. 그런 건 '소질'이 있어야 돼."

형은 잠시 손을 멈췄다. 그리고 에드문두 아저씨가 내게 새로 가르쳐 주었음 직한 이 말이 못마땅하다는 듯 웃었다.

부엌에는 진지냐 할머니가 와서 포도주에 적신 빵을 만들고 있었다. 크리스마스 성찬이었다. 그게 전부였다. 그래도 나는 또또까 형에게 이렇게 말했다.

"그래도 저런 것마저 못 먹는 사람들도 있어. 그리고 에드문두 아저씨가 내일 점심에 먹을 과일 샐러드랑 포도주 살 돈도 주셨어."

또또까 형은 방구 카지노에서 우리가 겪었던 일을 알고 있었는지 공짜로 내 부탁을 들어주었다. 적어도 루이스만은 선물을 받을 수 있게 되었다. 낡고 손때 묻은 것이기는 하지만 내가 가장 아끼는 멋진 것이다.

"또또까 형."

"왜?"

"우린 정말 크리스마스에 산타 할아버지한테 아무 선물도 못 받을까?"

"못 받을 거야."

"솔직히 말해 봐. 형도 다른 사람들이 말하는 것처럼 내가 그렇게 나쁜 아이라고 생각해?"

"아주 나쁜 아이는 아냐. 문제는 네 피 속에 악마가 들어 있다는 거지."

"나도 이번 크리스마스에는 악마가 없어졌으면 좋겠어. 죽기 전에 딱 한 번만이라도 내 속에 악마 대신 착한 예수님이 태어났으면 해."

"혹시 알아? 내년에는 그렇게 될지. 너도 나처럼 해볼래?"

"어떻게 하는데?"

"난 아무것도 바라지 않아. 그래야 실망도 안 하거든. 아기 예수도 사람들이나 신부님이나 교리에서 말하는 것처럼 그렇게 좋은 애는 아니야."

형은 말을 멈추었다. 자신의 속마음을 털어놓아야 할지 말아야 할지 망설이는 것 같았다.

"그럼 어떤 아인데?"

"좋아. 너는 아주 장난이 심해서 선물 받을 만한 자격이 없다고 치자. 그런데 루이스는?"

"천사 같아."

"글로리아 누나는?"

"누나도."

"그럼 난?"

"글쎄, 가끔 내 물건을 훔쳐 가지만 그래도 착한 편이야."

"랄라 누난?"

"아주 세게 때리지만 그래도 착해. 언젠가 내 나비넥타이

68

를 만들어 줄 거야."

"잔디라 누나는?"

"그저 그래. 그래도 나쁘진 않아."

"엄마는?"

"정말 착하셔. 날 때리실 때도 불쌍하다고 살살 때리셔."

"아빠는?"

"음, 아빠는 잘 모르겠어. 아빠는 운이 없으셔. 내 생각엔 아빠도 나처럼 식구들 중에서는 나쁜 사람일 것 같아."

"좋아. 그렇다면 우리 집 식구는 모두 좋은 사람들이잖아. 그런데 왜 아기 예수는 우리한테 잘해 주지 않느냔 말이야? 파울랴베르 댁엘 가 봐. 그 큰 식탁이 먹을 걸로 가득 차 있는 거 봤지? 빌라스보아스네도 마찬가지야. 아다우뚜 루스네는 말할 것도 없고."

나는 그처럼 울상이 된 형을 처음 보았다.

"그래서 난 아기 예수가 그냥 보이기 위해서만 가난한 사람으로 태어났다고 생각해. 그다음엔 부자들이 더 소용 있다고 깨달은 거야……. 이런 얘기 그만하자. 내가 한 말은 큰 죄가 될지도 몰라."

형은 풀이 죽어 더 이상 이야기를 하지 않으려 했다. 고개를 숙이고 막대기만 쓰다듬을 뿐이었다.

***

얼마나 슬픈 크리스마스 만찬이었는지 나는 기억조차 하고 싶지 않다. 모두들 아무 말 없이 음식을 먹었다. 아빠는 빵만 조금 맛보았을 따름이다. 면도도 하지 않았고 자정 미사에도 가지 않았다. 그보다 더 슬픈 일은 아무도 이야기를 하려 하지 않았다는 것이다. 아기 예수의 탄생을 축하하는 날이라기보다는 죽음을 슬퍼하는 날 같았다.

아빠는 모자를 집어 들고 밖으로 나가 버렸다. 나간다는 말도, 성탄을 축하한다는 말도 없이 슬리퍼를 신은 채 그렇게 나가 버렸다. 그래서 남아 있는 사람들도 서로에게 '메리 크리스마스'라는 말을 하지 못한 것 같았다. 진지냐 할머니는 손수건을 꺼내 눈물을 닦으며 에드문두 아저씨에게 돌아가자고 했다. 에드문두 아저씨는 또또까 형과 나에게 오백 헤이스* 짜리 동전을 주었다. 더 주고 싶었지만 그럴 돈이 없는 것 같았다.

---

* 브라질의 옛 화폐 단위로, 100헤이스는 1또스땅이다.

70

아니면 우리보다는 당신 자식들에게 더 주고 싶었는지도 모른다. 난 아저씨를 껴안았다. 그것이 크리스마스 밤의 유일한 포옹이었다. 아무도 껴안으려고 하지 않았고 덕담도 해 주지 않았다. 엄마는 방으로 들어가 버렸다. 숨어서 울고 있는 게 분명했다. 다른 사람들도 울고 싶은 마음이었을 것이다. 랄라 누나는 에드문두 아저씨와 진지냐 할머니를 문간까지 배웅했다. 그리고 천천히 걸어가는 두 분의 뒷모습을 바라보며 중얼거렸다.

"이런 일을 견디시기에는 두 분 다 너무 늙고 지치셨어."

더 슬픈 일은 성당의 밝은 종소리가 밤을 채우고 있다는 사실이었다. 게다가 폭죽은 하느님이 다른 이들의 행복을 굽어보실 수 있게끔 하늘을 수놓고 있었다.

우리가 집안으로 들어왔을 때 글로리아 누나와 잔디라 누나는 접시를 닦고 있었다. 글로리아 누나는 많이 울었는지 눈이 발개져 있었다. 그래도 울었던 티를 감추며 또또까 형과 내게 말했다.

"아이들은 자야 할 시간이야."

그러고는 우리를 바라보았다. 하지만 누나는 그 순간 그 자리에는 더 이상 아이들이 없다는 것을 알고 있었다. 모두가 어른이었다. 그것도 아주 슬픈 어른. 슬픔을 조각조각 맛보아야 하는 어른들뿐이었다.

어쩌면 이 모든 슬픔은 라이트 전기회사가 전기를 끊은 뒤 전깃불 대신 켜놓은 꺼져 가는 등불 때문인지도 몰랐다. 어쩌면.

행복한 사람은 손가락을 입에 문 채 잠든 꼬마 임금님뿐이었다. 나는 동생 가까이에 망아지를 세워 놓았다. 녀석의 머리를 쓰다듬어 주지 않을 수 없었다. 강물이 흐르듯 부드러운 목소리로 속삭였다.

"귀여운 내 동생."

온 집안이 어둠에 잠겼을 때 나는 낮은 소리로 형에게 물었다.

"빵 맛있었지. 안 그래, 또또까 형?"

"모르겠어. 안 먹었어."

"왜?"

"목에 걸려서 아무것도 먹을 수가 없었어. 이제 자자. 자고 나면 다 잊게 돼."

나는 침대에서 일어나 바스락거렸다.

"어딜 가려고 그래, 제제?"

"문 밖에 운동화를 내놓으려고."

"그러지 마. 내놓지 않는 게 차라리 나아."

"내놓을 거야. 혹시 알아, 기적이 일어날지? 있잖아, 형, 난 선물을 받고 싶어. 딱 하나만이라도. 아주 새거로. 나만의 것 말이야."

형은 내게 등을 돌려 베개 밑에 머리를 파묻었다.

***

잠에서 깨기가 무섭게 나는 또또까 형을 불렀다.

"형, 내다보자. 있을 거야."

"나라면 보지 않겠다."

"그래도 난 볼래."

난 방문을 열어 젖혔다. 그러나 기대와는 달리 운동화는 텅 비어 있었다. 또또까 형이 눈을 비비며 다가왔다.

"내가 뭐랬니?"

온갖 감정이 뒤섞여 북받쳐 올랐다. 그것은 증오와 반항과 슬픔이었다. 참을 수가 없어 나도 모르게 소리쳤다.

"아빠가 가난뱅이라서 진짜 싫어."

운동화를 떠난 눈길은 그 옆에 놓인 슬리퍼로 옮겨갔다. 아빠가 우리를 내려다보고 있었다. 아빠의 눈은 슬픔으로 굉장히 커져 있었다. 눈이 커지고 커져서 방구 극장의 스크린만 해 보였다. 마음의 쓰라림이 너무나 커서 울고 싶어도 울 수 없는 그런 눈이었다. 아빠는 잠시 우리를 멍하니 바라보다가 말없이 지나쳐 갔다. 우리는 아무 말도 못하고 얼어붙어 있었다. 아빠는 서랍장 위에 놓인 모자를 집고는 다시 나가 버렸다. 그제서야 또또까 형이 내 팔을 때렸다.

"넌 정말 나쁜 놈이야, 제제. 뱀 같은 녀석. 그러니까⋯⋯."

형은 감정이 북받쳐 오르는지 입을 다물었다.

"아빠가 거기 계신 줄 몰랐어."

"나쁜 자식. 감정도 없는 놈. 너도 아빠가 오래 전부터 실직자라는 걸 알잖아. 내가 어제 음식을 삼킬 수 없었던 것도 아빠 때문이야. 너도 이다음에 자식이 생기면 이럴 때 마음이 얼마나 아픈지 알게 될 거야."

나는 울음을 참을 수 없었다.

"난 아빠를 못 봤어, 형. 정말 못 봤어."

"내 앞에서 꺼져. 넌 역시 아무짝에도 쓸모없는 놈이야. 꺼져 버려!"

나는 길거리로 뛰쳐나가 아빠의 다리에 매달려 실컷 울고 싶었다. 그리고 내가 정말 정말 나쁜 애였다고 말하고 싶었다. 그러나 난 어떻게 해야 좋을지 몰라 가만히 서 있을 수밖에 없었다. 침대에 앉아 여전히 텅 빈 채로 같은 자리에 놓여 있는 운동화를 바라보았다. 갈피를 못 잡고 흔들리는 내 마음처럼 텅 비어 있는 운동화를.

'세상에! 어째서 내가 그런 말을 했을까? 더군다나 오늘 같은 날. 모두들 슬퍼하는 이때에 어째서 난 이런 못된 짓을 했을까? 점심땐 무슨 낯으로 아빠를 뵙지? 과일 샐러드도 못 삼킬 거야.'

극장 스크린처럼 큰 아빠의 눈동자가 나를 쫓아다니며 쳐다보았다. 눈을 감아도 그 큰 눈이 보였다.

발꿈치에 구두닦이 통이 부딪쳤다. 그러자 문득 어떤 생각이 떠올랐다. 혹시 그렇게 하면 아빠가 나의 모든 잘못을 용서해 줄지도 몰랐다.

나는 또또까 형의 구두닦이 통을 열었다. 그리고 형의 검정 구두약을 꺼냈다. 내 것은 다 떨어져 가고 있었기 때문이다. 그리고 아무에게도 이야기하지 않고 거리로 나왔다. 구두닦이 통의 무게는 전혀 느껴지지 않았다. 걸을 때마다 아빠의 눈을 밟아 아빠를 아프게 하는 것 같았다.

이른 새벽인 데다 어제저녁 자정 미사와 크리스마스 만찬을 치르느라 모두들 아직 자고 있는 듯했다. 길에는 아이들이 크리스마스 선물로 받은 장난감들을 서로 자랑하고 비교하며 놀고 있었다. 그런 모습은 나를 더 우울하게 했다. 모두들 착한 아이들이었다. 저 아이들 중 아무도 나처럼 못된 짓을 할 아이는 없을 것이다.

나는 손님을 기다리기 위해 '재난과 기아' 상점 근처에서 멈추었다. 이 상점은 오늘 같은 날에도 문을 열었다. 이런 이름을 붙인 건 우연이 아니었다. 잠옷 바람에 슬리퍼나 나막신을 신은 사람들은 있었지만 구두를 신은 사람은 하나도 없었다.

아침을 먹지 않았는데도 배가 고프지 않았다. 괴로움에 비하면 배고픔은 아무것도 아니었다. 난 쁘로그레수 거리로 나가 보기도 하고 시장을 한 바퀴 돌아보기도 했다. 로젬베르그 아저씨네 빵집 앞 인도에도 앉아 있어 봤지만 손님은 전혀 없었다.

시간이 꼬리를 물고 지나갔지만 난 한 푼도 벌지 못했다. 하지만 나는 무슨 일이 있어도 돈을 벌어야만 했다. 무슨 일이 있어도.

더위는 점점 심해졌다.* 구두닦이 통 끈 때문에 한쪽 어깨가 쓰려 다른 쪽 어깨에 멨다. 목이 말라 시장에 있는 공동 수도에서 물을 마셨다.

나는 얼마 안 있으면 다니게 될 초등학교 교문 계단에 앉았다. 구두닦이 통을 바닥에 내려놓으니 온몸에서 기운이 쏙 빠져나가는 것 같았다. 인형처럼 얼굴을 무릎에 얹고 아무 생각 없이 앉아 있었다. 잠시 후에는 아예 무릎에 얼굴을 파묻고 팔로 무릎을 감싸 안았다. 생각했던 일을 하지 못하고 돌아가느니 차라리 죽는 편이 나을 것 같았다.

누군가가 발로 내 구두닦이 통을 톡톡 찼다. 그리고 귀에 익은 목소리가 나를 불렀다.

"어이, 구두닦이! 그렇게 졸다가는 돈을 못 벌지."

반신반의하며 고개를 들었다. 카지노 수위 꼬끼뉴 아저씨였다. 아저씨가 구두닦이 통에 발을 올려놓자 나는 우선 헝겊으로 구두를 닦았다. 그리고 물로 구두를 적신 후 훔쳐냈다. 그다음 조심스레 구두약을 발랐다.

"아저씨, 미안하지만 바지를 조금만 올려 주세요."

---

* 브라질은 남반구에 있어 계절이 우리와 반대다. 그래서 한여름에 크리스마스를 맞는다.

그는 내 말대로 했다.

"오늘 같은 날에 구두를 닦니, 제제?"

"오늘처럼 돈이 절실한 적이 없어요."

"크리스마스는 잘 지냈니?"

"그저 그랬어요."

내가 구둣솔로 통을 두드리자 그는 발을 바꿨다. 나는 아까와 마찬가지 방법으로 다른 쪽을 마저 닦았다. 그리고 양쪽 구두에 모두 광을 냈다. 구두를 다 닦고 난 뒤 통을 두드리자 그는 발을 내려놓았다.

"얼마지, 제제?"

"이백 헤이스예요."

"겨우 이백 헤이스만 받아? 모두들 사백 헤이스를 받는데."

"일류 구두닦이가 되면 그렇게 받을 거예요. 그렇지만 당분간은 아니에요."

그는 오백 헤이스를 꺼내 내게 주었다.

"아저씨 나중에 주실래요? 아직 한 푼도 못 벌었거든요."

"거스름돈은 크리스마스 선물이다. 그럼 또 보자."

그는 아마도 사흘 전 있었던 그 일 때문에 구두를 닦은 것 같았다.

주머니에 돈이 생기자 잠시 기운이 솟는 듯했지만 그것도 그리 오래가지는 않았다. 이미 오후 두 시가 넘었고 사람들도 제법 많이 오갔지만 구두를 닦겠다는 사람은 없었다. 아무도 돈을 내고 구두의 먼지를 떨어내려 하지 않았다.

나는 히우-쌍빠울루 고속도로 근처의 전봇대 주변을 서성거리며 이따금 여린 목소리로 외쳐 댔다.

"구두 닦으세요, 손님!"

"구두 닦으세요, 아저씨! 가난한 사람들이 크리스마스를 잘 보낼 수 있게 도움도 주세요."

고급 승용차 한 대가 가까이 멈춰 섰다. 별로 기대는 하지 않았지만 기회를 놓치지 않고 소리쳤다.

"크리스마스인데 가난한 사람들을 좀 도와주세요, 사장님."

잘 차려 입은 부인과 뒷자리에 앉아 있던 아이들이 나를 내다보았다. 그 부인의 마음이 동요된 것 같았다.

"가엾어라. 저렇게 어린 애가……. 어쩜 저렇게 가난하대요. 아르뚜르, 쟤를 좀 도와주세요."

그러나 남자는 의심스럽다는 듯 나를 훑어봤다.

"약은 녀석들이 잔꾀를 부리는 거야. 어리다는 것하고 오늘이 크리스마스라는 걸 이용하고 있는 거라고."

"그래도 전 뭘 좀 줘야겠어요. 이리 와라, 꼬마야."

그리고 핸드백을 열어 창 너머로 손을 내밀었다.

"고맙지만 싫어요. 저는 속이고 있는 게 아니에요. 돈이 정말로 필요하니까 크리스마스에도 일하는 거예요."

나는 구두닦이 통을 어깨에 둘러메고 천천히 걸어갔다. 화낼 기운도 없었다.

그러자 차 문이 열리고 소년 하나가 내 쪽으로 달려왔다.

"자, 받아. 네가 거짓말쟁이가 아니라는 걸 믿는다면서 엄마가 전해 주래."

소년은 내 호주머니에 오백 헤이스를 넣어 주고는 내가 고맙다는 말을 건넬 틈도 주지 않고 가 버렸다. 멀어지는 자동차의 엔진 소리만이 남았다.

이미 네 시가 넘었다. 나의 마음을 무겁게 하는 아빠의 눈은 계속 나를 쫓아다녔다.

집으로 돌아가기로 마음먹었다. 십 또스땅으로는 아무것도 할 수 없었지만 어쩌면 '재난과 기아' 상점에서 값을 깎아 줄지도 모르고 나머지를 외상으로 해 줄지도 몰랐다.

그런데 어느 집 울타리의 한 모퉁이에서 무엇인가가 내 시선을 끌었다. 구멍 난 검정 스타킹이었다. 몸을 굽혀 그것을 집

80

어 들었다. 손에 감아 보니 아주 가느다랗게 되었다. '뱀으로 는 적격'이라고 생각하며 구두닦이 통에 넣었다.

난 꾹 참아야만 했다.

'다른 날 하자. 오늘 하면 정말 큰일 나.'

빌라스보아스 댁 앞에 이르렀다. 너른 정원의 바닥은 시멘 트로 잘 포장되어 있었다. 세르지뉴가 멋진 자전거를 타고 화 단 사이를 돌고 있었다. 난 대문 창살 사이에 얼굴을 들이밀고 그 모습을 지켜보았다.

자전거에는 붉은 바탕에 노란색과 파란색 줄무늬가 그려져 있었다. 알루미늄으로 된 몸통은 눈부시게 반짝였다. 세르지뉴 는 나를 발견하고 보라는 듯이 속도를 냈다가 커브도 돌고 끽 소리를 내며 브레이크도 걸었다. 그러다가 내게 다가왔다.

"맘에 드니?"

"이 세상에서 가장 멋진 자전거야."

"대문 가까이로 오면 더 잘 보일 거야."

세르지뉴는 또또까 형과 동갑내기로 같은 반 친구였다.

세르지뉴는 에나멜 칠을 한 구두에 흰 양말을 신고 빨간 멜 빵까지 메고 있었다. 그 모습을 보니 맨발인 내 자신이 부끄러 웠다. 게다가 구두는 모든 게 비칠 정도였다. 아빠의 눈마저 구두에 비치고 있는 것 같았다. 나는 마른침을 삼켰다.

"무슨 일 있어, 제제? 너 이상하다."

"아니야, 아무 일도 없어. 가까이서 보면 자전거가 더 멋있을 것 같아. 크리스마스 선물 많이 받았어?"

"응."

그는 더 자세히 얘기하려고 자전거에서 내려 대문을 열었다.

"엄청 많이 받았어. 전축 한 대랑, 양복 세 벌이랑 동화책 여러 권, 긴 색연필 한 다스. 그리고 장난감 한 상자랑 프로펠러로 움직이는 비행기 그리고 하얀 돛단배…….."

난 고개를 숙였다. 그리고 또또가 형이 말한 부자를 좋아하는 소년 예수를 생각했다.

"왜 그래, 제제?"

"아무 일도 아냐."

"참, 너도 많이 받았니?"

나는 차마 대답은 못하고 고개만 가로저었다.

"진짜? 진짜 아무것도 받지 못했단 말야?"

"우리 집은 올해 크리스마스를 지내지 않아. 아빠가 아직도 일자리를 못 구하셔서."

"있을 수 없는 일이야. 너희는 밤이랑 헤이즐넛도 못 먹고 포도주도 못 마신 거야?"

"진지냐 할머니께서 만드신 빵하고 커피만."

세르지뉴가 무언가를 골몰히 생각했다.

"제제, 만일 내가 널 초대한다면 들어올래?"

그가 무슨 생각을 하는지 짐작이 갔다. 아무것도 먹진 못했지만 그래도 맘이 내키지 않았다.

"들어가자. 엄마가 한 상 차려 주실 거야. 케이크도 많아."

난 모험을 하고 싶지 않았다. 최근 며칠 동안 얼마나 많은 괄시를 받았던가. '지저분한 애를 집안에 들이지 말라고 하지 않았니!'란 말을 들은 것이 한두 번이 아니었다.

"아냐, 고맙지만 싫어."

"좋아. 그럼 내가 우리 엄마한테 밤을 한 뭉치 싸 달라고 할게. 네 동생 갖다 줄래?"

"아냐, 가져갈 수 없어. 난 일을 끝내야 해."

세르지뉴는 그제서야 내가 깔고 앉아 있는 것이 구두닦이 통이라는 것을 알아보았다.

"하지만 크리스마스에 구두를 닦으려는 사람은 없을 텐데."

"하루 종일 돌아다녔는데 겨우 십 또스땅 벌었어. 오백 헤이스는 동냥해서 얻은 거야. 아직 이 또스땅이 더 필요해."

"뭐 하려고, 제제?"

"얘기할 수 없어. 그런데 꼭 필요해."

세르지뉴가 씩 웃더니 아주 너그러운 제안을 내놓았다.

"너, 내 구두 닦아 줄래? 그럼 십 또스땅 줄게."

"그건 곤란해. 난 친구한테는 돈을 안 받거든."

"그럼 내가 돈을 주면? 아니, 이백 헤이스를 빌려주는 건 어때?"

"천천히 갚아도 돼?"

"언제라도 좋아. 나중에 구슬로 갚아도 되고."

"그렇다면 좋아."

그는 주머니에 손을 넣어 동전 두 닢을 꺼내 주었다.

"걱정하지 마. 난 돈을 많이 받았으니까. 저금통이 꽉 찰 정도거든."

나는 자전거 바퀴를 손으로 쓸어 보았다.

"진짜 멋있어!"

"네가 커서 자전거를 탈 수 있게 되면 빌려줄게. 알겠지?"

"알았어."

***

나는 구두닦이 통을 달그락거리며 '재난과 기아' 상점으로 온몸을 흔들며 달려갔다. 문을 닫았을까 봐 걱정이 되어 총알처럼 가게 안으로 뛰어 들어갔다.

"아저씨, 그 비싼 담배 아직도 남아 있어요?"

그는 내 손에 들린 돈을 보고 담배 두 갑을 집어 들었다.

"설마 네가 피우려는 건 아니겠지, 제제?"

뒤에서 한 마디 들려왔다.

"무슨 소리야, 이렇게 어린애한테……."

가게 주인은 돌아보지도 않고 웃으며 말했다.

"자네가 이 손님을 몰라서 그래. 이 손님은 상상을 초월해."

"아빠 드릴 거예요."

손바닥에 담뱃갑을 올려놓고 이리저리 만져 보니 기분이 나아졌다.

"이게 좋을까요, 저게 좋을까요?"

"그거야 네 마음이지."

"아빠께 이걸 성탄 선물로 드리려고 하루 종일 일했단 말예요."

"진짜냐, 제제? 아빠는 네게 뭘 주셨는데?"

"아무것도 못 주셨어요, 불쌍한 아빠! 아빠 아직도 일자리를 못 구하셨거든요. 아저씨도 아시잖아요."

그는 감격한 것 같았다. 상점 안의 사람들도 아무 말도 하지 못했다.

"만약 아저씨께서 받으신다면 어느 것이 좋겠어요?"

"둘 다 좋을 거야. 이렇게 애써 마련한 선물을 좋아하지 않을 아빠는 없단다."

"그럼 이걸로 싸 주세요."

주인은 담배를 쌌다. 포장된 것을 내게 건네줄 때는 약간 머뭇거렸다. 무슨 말인가 하고 싶지만 못하는 것 같은 눈치였다.

내가 돈을 내자 그는 웃음을 지어 보였다.

"고맙다, 제제."

"메리 크리스마스, 아저씨!"

나는 곧장 집으로 달려갔다.

날은 이미 어두워져 있었다. 부엌에만 희미한 호롱불이 켜져 있었다. 모두들 외출했는지 아빠 혼자 부엌 식탁에 앉아 텅 빈 벽을 바라보고 있었다. 아빠는 팔꿈치를 식탁 위에 올려놓고 손으로 턱을 괴고 있었다.

"아빠!"

"왜 그러니, 애야!"

아빠의 목소리에는 전혀 화난 기색이 없었다.

"하루 종일 어디 갔었니?"

나는 구두닦이 통을 보여 주었다. 그리고 통을 바닥에 내려 놓고 주머니에서 포장된 담배를 꺼냈다.

"아빠, 이것 보세요. 아빠 드리려고 아주 좋은 걸 샀어요."

아빠는 가격을 짐작하신 듯 빙그레 웃었다.

"맘에 드세요? 가장 멋있는 거였어요."

아빠는 웃으며 담뱃갑을 뜯어서 냄새를 맡았다. 그러나 아무 말도 하지 않았다.

"하나만 피워 보세요, 아빠."

나는 불을 가지러 부엌으로 갔다. 성냥 하나를 그어 아빠의 입에 물린 담배에 불을 붙였다. 그리고 아빠가 담배 피우는 것을 보기 위해 한걸음 뒤로 물러섰다. 이상한 기분이 들었다. 불 꺼진 성냥개비를 바닥에 버렸다. 그러자 마음속 깊숙한 곳에서 감정이 북받쳐 올랐다. 속이 찢어질 것 같았다. 온종일 나를 괴롭히던 그 커다란 고통이 모두 폭발하여 솟아올랐다.

나는 아빠를 바라보았다. 말쑥이 면도한 얼굴과 눈을 바라보았다. 내가 할 수 있었던 말은 단지…….

"아빠…… 아빠!"

내 목소리는 눈물과 흐느낌 속으로 잦아들었다. 아빠는 팔을 벌려 나를 꼭 보듬어 주었다.

"울지 마라, 애야. 그렇게 마음이 약해서야 일생 동안 울어야 할 일이 한이 없겠다."

"아빠, 그럴 마음이 아니었어요. 그런 말을 할 생각은 전혀 없었어요."

"안다. 알고말고. 네 말에도 일리가 있어서 화가 나지 않았다."

아빠는 내 등을 토닥여 주었다. 그리고 잠시 후 내 얼굴을 받쳐 들고 옆에 놓여 있던 냅킨으로 눈물을 닦아 주었다.

"이제 훨씬 나아졌구나."

나는 손을 뻗어 아빠의 얼굴을 쓰다듬었다. 그리고 커다란 스크린 같은 아빠의 눈을 예전처럼 돌려놓으려고 가볍게 손가락을 갖다 댔다. 그렇게 하지 않으면 일생 동안 그 눈이 나를 따라다닐 것만 같았다.

"담배를 마저 피워야지."

나는 아직도 북받치는 감정에 목이 메어 더듬거렸다.

"아빠…… 아빠가 절 때리시겠다면 반항하지 않겠어요. 막 때리셔도 좋아요."

"알았다, 제제. 이제, 그만 됐다."

아빠는 나를 바닥에 내려놓았다. 나의 울음도 함께.

그리고 찬장에서 접시를 꺼냈다.

"글로리아 누나가 너 주려고 과일 샐러드를 남겨 두었다."

나는 좀체 삼킬 수가 없을 것 같았다. 아빠는 작은 숟가락으로 과일 샐러드를 내 입에 떠 넣어 주었다.

"이젠 다 지난 일이야. 안 그러니, 애야?"

나는 머리를 끄덕였지만 처음 몇 숟가락은 쓴맛이 났다. 내 흐느낌은 좀처럼 그치지 않았다.

4. 작은 새, 학교 그리고 꽃

새집. 새로운 생활. 작고 소박한 희망.

나는 짐마차 꼭대기에 아리스띠데스 아저씨와 그의 조수 사이에 앉아 있었다. 화창한 날씨만큼이나 기분이 아주 좋았다.

포장이 안 된 길을 벗어나 히우-쌍빠울루 고속도로에 들어서자 마차는 미끄러지듯 부드럽게 달렸다. 우리 곁으로 멋진 차가 지나갔다.

"저기 포르투갈 사람 마누엘 발라다리스의 차가 지나가요."

우리가 아쑤지스 거리의 모퉁이를 지날 때 멀리서 들려 오는 기적 소리가 아침을 가득 채웠다.

"저기 좀 보세요, 아저씨. 망가라치바가 지나가요."

"넌 모르는 게 없구나."

"기적 소리만 들어도 알 수 있어요."

거리에는 말발굽 소리만 따각따각 들릴 뿐이었다. 나는 짐마차가 새것이 아니라는 것을 알고 있었다. 새것은커녕 오히려 그 반대였다. 하지만 튼튼했고 짐삯도 저렴했다. 두 번은 왕복해야 우리 집 고물들을 다 나를 수 있을 것 같았다. 당나귀도 그리 튼실해 보이진 않았지만 나는 아저씨의 비위를 맞춰 주기로 했다.

"굉장히 좋은 마차네요, 아저씨."

"아직은 쓸 만하지."

"당나귀도 아주 멋져요. 이름이 뭐예요?"

"씨가누."•

그는 이야기를 나눌 마음이 별로 없어 보였다.

"오늘은 참 재수가 좋은 날이에요. 생전 처음 마차도 타 보

———

• 집시라는 뜻.

고, 포르투갈 사람 차도 봤고, 망가라치바 기적 소리도 들었잖
아요."

하지만 아무런 대꾸가 없어 멋쩍어졌다.

"아저씨, 망가라치바가 브라질에서 가장 중요한 기찬가요?"

"아니다. 이 노선에서만 중요하지."

별 도움이 되지 않았다. 어른들을 이해하는 것은 때때로 정
말 힘이 든다.

새집에 도착하여 나는 아저씨에게 열쇠를 건네 주었다. 그
리고 살갑게 대하려고 애썼다.

"아저씨, 제가 도와드릴까요?"

"우리를 방해하지만 않아도 그게 도와주는 거다. 어디 가
서 놀고 있거라. 돌아갈 때 부르마."

나는 아저씨의 말대로 그 자리를 떴다.

"밍기뉴, 이제 우리는 늘 가까이 살게 됐어. 다른 나무들이
네 발 밑에도 못 따라올 정도로 예쁘게 꾸며 줄게. 있잖아, 밍
기뉴. 난 방금 큰 마차를 타고 왔는데, 얼마나 부드럽게 달리는
지 꼭 영화에 나오는 포장마차 같았어. 내가 보고 듣는 걸 모두
네게 얘기해 줄게, 알았지?"

나는 잡초가 무성한 개울가로 갔다. 그리고 흐르는 구정물

을 바라보았다.

"지난번에 우리가 저 강을 뭐라고 부르기로 했었지?"

"아마존."

"그래, 맞다. 아마존. 저 강 하류엔 사나운 인디언을 잔뜩 태운 배들이 분명히 있을 거야. 안 그러니, 밍기뉴?"

"말도 마. 왜 아니겠어."

겨우 이야기를 시작하려는데 아리스띠데스 아저씨가 문을 닫으며 나를 불렀다.

"여기 있을래 아니면 우리랑 같이 돌아갈래?"

"여기 있을래요. 엄마랑 누나들도 곧 도착할 거예요."

그러고는 집 안팎을 구석구석 살펴보기 시작했다.

***

처음에는 체면도 차리고 이웃들에게 좋은 인상도 주고 싶어서 난 얌전하게 행동했다. 그러던 어느 날 오후, 나는 여자용 검정 스타킹을 다시 찾아 냈다. 그것을 끈 모양으로 말아 발끝을 잘라낸 다음 긴 연줄을 묶었다. 멀리서 천천히 줄을 잡아당기면 꼭 뱀 같았다. 컴컴한 밤이라면 성공할 것 같았다.

밤에는 남의 일을 간섭하는 사람이 아무도 없었다. 새 집이 모두의 마음을 바꿔놓은 것 같았다. 가족끼리 다정하게 지내던 일은 먼 옛날만 같았다.

나는 대문 앞에 앉아 망을 봤다. 길에는 전봇대의 희미한 불빛뿐이었고 큰 파두나무 울타리는 곳곳에 그늘을 드리우고 있었다. 공장에는 분명히 야근하는 사람이 있을 것이고 야근은 여덟 시를 넘긴 적이 없었다.

아홉 시는 좀처럼 되지 않았다. 잠시 공장 생각을 해 보았다. 난 공장이 싫었다. 새벽 다섯 시에 울리는 공장의 슬픈 작업 신호는 더욱 싫었다. 공장은 아침에 사람들을 집어삼켰다가 밤이 되면 지친 사람들을 토해 내는 용 같았다. 게다가 스코트필드 씨가 아빠에게 한 짓을 생각하면 더더욱 싫었다.

기회다. 저기 어떤 여자가 온다. 팔 밑에 양산을 끼고 손에는 핸드백을 들고 있었다. 샌들 뒷굽이 바닥에 부딪치는 소리까지 들을 수 있었다.

나는 대문 뒤로 달려가 숨었다. 그리고 뱀의 손잡이를 시험해 보았다. 말을 잘 들었다. 완벽했다. 나는 줄을 손가락에 끼우고 울타리 그늘에 몸을 숨겼다. 샌들 소리가 점점 더 가까워지고, 가까워지고…… 이때다! 나는 뱀 줄을 잡아당기기 시작했다. 그러자 뱀은 천천히 길 한복판으로 미끄러져 들어왔다.

일이 그렇게 되리라고는 상상조차 못했다. 여자가 어찌나 크게 비명을 질렀던지 사람들이 모두 잠에서 깬 것이다. 여자는 핸드백과 양산을 공중에 내던져 버리고 소리를 지르면서 배를 움켜쥐었다.

"사람 살려! 사람 살려! 뱀이 나왔어요! 살려 줘요!"

문이 죄다 열렸다. 나는 모든 것을 팽개치고 쏜살같이 집으로 달려가 부엌으로 뛰어들었다. 빨래통 뚜껑을 급히 열고 속으로 들어가 안에서 뚜껑을 닫았다. 놀란 마음에 내 심장이 쿵쾅거렸다.

여자의 비명 소리가 계속 들려왔다.

"오, 하느님 맙소사! 여섯 달 된 뱃속의 애가 떨어지려고 해요."

이제 나는 후회를 지나서 두려움에 떨기 시작했다.

이웃 사람들은 그녀를 집안으로 데리고 들어갔고 여인의 울음과 탄식은 그치지 않았다.

"정말 못 참겠어요. 치가 떨려요. 내가 세상에서 가장 무서워하는 게 뱀인데."

"오렌지 꽃물 좀 마시고 진정해요. 사람들이 몽둥이랑 도

끼랑 길을 비출 등불을 들고 뱀을 쫓으러 갔으니 안심하세요."

형겊 쪼가리 작은 뱀 때문에 이런 난리라니! 정말 큰일은 우리 집 식구 중에 엄마랑 잔디라 누나랑 랄라 누나가 함께 나간 것이었다.

"여러분, 뱀이 아닙니다. 낡은 여자 스타킹이에요."

너무 당황한 나머지 뱀을 거둬들이는 걸 잊었던 것이다. 이젠 끝장난 거나 다름없었다. 뱀 끄트머리에 끈이 달려 있었고 그 끈은 우리 집 뒤뜰로 이어져 있었다.

그러자 낯익은 세 사람의 목소리가 동시에 외쳤다.

"바로 그 녀석 짓이군."

이제 사람들이 찾고 있는 것은 뱀이 아니었다. 그들은 침대 밑을 뒤졌으나 나를 찾지 못했다. 그들이 내 곁을 지나갈 때 난 숨조차 쉬지 않았다. 집 밖 뒤뜰에서도 나를 찾았다.

잔디라 누나가 뭔가 생각해 낸 듯싶었다.

"어디 숨었는지 알 것 같아."

누나는 빨래통 뚜껑을 열고 내 귀를 잡아 올려 식당까지 끌고 갔다.

이번엔 엄마도 아주 세게 때렸다. 마치 슬리퍼가 노래하는 것 같았다. 나는 맞는 횟수도 줄일 겸 아픔도 덜 겸 송아지처럼 소리를 질러 댔다.

"이 나쁜 녀석아! 넌 여섯 달 된 아이를 배 속에 넣고 다니는 게 얼마나 힘든 일인지 알기나 해?"

랄라 누나가 빈정댔다.

"어쩐지 이사와선 잠잠하다 했더니."

"어서 가서 자! 이 망나니 같은 놈아!"

나는 엉덩이를 만지며 침대에 엎드렸다. 다행히도 아빠는 카드놀이를 하러 나가고 없었다. 나는 어둠 속에서 나머지 울음을 삼켰다. 그리고 매 맞은 곳을 낫게 하는 데는 역시 침대가 최고라고 생각했다.

***

다음날 아침 나는 일찍 일어났다. 긴히 할 일이 두 가지 있었다. 우선 안 보는 척하며 주위를 살펴볼 작정이었다. 뱀이 아직 그 자리에 있다면 슬쩍 집어 셔츠 밑에 숨겨 올 작정이었다. 다른 곳에서 또 써먹을 수 있을 것 같았다. 그러나 뱀은 없었다. 그만한 뱀을 구하기는 그리 쉽지 않을 것 같았다.

나는 발걸음을 돌려 진지냐 할머니 집으로 향했다. 에드문두 아저씨에게 할 말이 있었다.

퇴직자에겐 조금 이른 시간이라는 생각이 들기는 했지만 그래도 찾아갔다. 이른 시간이라 아저씨는 동물 도박을 하러 가지도, 아저씨가 늘 말하는 대로 대변을 보러 가지도, 신문을 사러 가지도 않고 집에 있을 거라고 생각했다.

정말로 아저씨는 응접실에서 새로운 종류의 카드점을 보고 있었다.

"안녕히 주무셨어요, 아저씨!"

대답이 없었다. 못 들은 척하는 거였다. 아저씨가 별로 말하고 싶지 않을 때면 이런다는 걸 우리 집 식구는 누구나 알고 있었다.

그러나 내게는 어림도 없다. 게다가(난 이 '게다가'란 말이 참 좋다) 나한테는 농인 행세를 한 적이 거의 없었다. 난 아저씨의 소맷자락을 잡아당겼다. 늘 그랬던 것처럼 아저씨의 흰색과 검정색 체크 멜빵이 참 멋있다고 생각했다.

"으응, 너 왔구나."

아저씨는 나를 못 보았다는 듯 꾸며 댔다.

"아저씨, 이 카드점 이름이 뭐예요?"

"시계점이다."

"아주 예쁜 이름인데요."

나는 이미 카드 한 벌을 모두 알고 있었다. 내가 좋아하지 않는 카드는 잭(J)뿐이었다. 왠지 모르게 잭은 왕의 시종처럼 보였다.

"있잖아요, 아저씨, 할 얘기가 있어서 왔어요."

"다 끝나 간다. 끝나면 얘기하자."

얼마 안 있어 아저씨는 카드를 섞었다.

"점괘가 나왔나요?"

"아니."

아저씨는 카드를 산처럼 쌓아 옆으로 밀어 놓았다.

"그래, 제제. 할 얘기가 돈 얘기냐?"

그리고 손가락을 비볐다.

"얘기해 봐라."

"혹시 구슬 살 돈 좀 있으세요?"

아저씨는 웃었다.

"돈이라……. 어디 보자."

아저씨가 호주머니에 손을 넣으려 하자 내가 재빨리 말렸다.

"농담이었어요, 아저씨. 그게 아녜요."

"그럼 뭐냐?"

아저씨는 나의 조숙함을 좋아했다. 내가 배우지 않고도 글을 읽게 된 이후로는 더 말할 필요가 없었다.

"아주 궁금한 게 하나 있어요. 아저씬 노래하지 않고도 노래하실 수 있으세요?"

"그게 무슨 말이냐?"

"잘 보세요."

나는 '작은 오두막집' 한 소절을 불렀다.

"그러니까 방금 노래를 불렀단 말이지?"

"맞아요. 전 소리 내지 않고도 노래할 수 있어요."

아저씨는 나의 순진함에 웃었다. 그리고 내가 알고자 하는 것이 무엇인지 궁금해했다.

"있잖아요, 아저씨. 제가 어렸을 땐 제 속에 작은 새가 있어서 그 새가 노래한다고 생각했어요."

"네게 그런 새가 있다니 정말 놀랍구나!"

"아저씨, 제 얘기는 그게 아니에요. 요즘은 작은 새가 정말 있는지 의심이 간다구요. 어떤 때는 마음속에서 얘기도 하고 보기도 하면서 소리 내어 말한단 말이에요."

아저씨는 내 얘기를 이해했는지, 내가 혼동하는 것을 재미

있어했다.

"내가 설명해 주마, 제제. 그게 뭔지 아니? 네가 자라고 있다는 증거란다. 커 가면서 네가 속으로 말하고 보는 것들을 '생각'이라고 해. 생각이 생겼다는 것은 너도 이제 곧 내가 말했던 그 나이……"

"철드는 나이 말인가요?"

"잘 기억하고 있구나. 그땐 기적 같은 일들이 일어나지. 생각이 자라고 커서 우리 머리와 마음을 모두 돌보게 돼. 생각은 우리 눈과 인생의 모든 것에 깃들게 돼."

"알겠어요. 그럼 작은 새는요?"

"작은 새는 어린애들이 여러 가지 일들을 배우는 걸 도와주려고 하느님이 만드신 거야. 그래서 더 이상 필요하지 않을 때는 그걸 하느님께 돌려 드려야 해. 그러면 하느님은 그 새를 너처럼 영리한 다른 꼬마에게 넣어 주시지. 아주 멋진 일 아니니?"

나는 내가 생각을 갖고 있다는 사실이 흐뭇해서 웃었다.

"예. 이젠 가봐야겠어요."

"돈은?"

"오늘은 필요 없어요. 아주 바쁠 것 같아요."

이런저런 생각을 하며 거리로 나왔다. 우리를 슬프게 했던 일 하나가 떠올랐다. 또또까 형에게는 목에 흰 줄무늬가 두 개 있는 아주 예쁜 방울새 한 마리가 있었다. 어찌나 순한지 형이 모이를 줄 때면 형 손가락에 올라올 정도였다. 문을 열어 놓아도 도망가지 않았다. 그런데 어느 날 형은 그 새를 뙤약볕에 둔 채 그 사실을 잊어버렸고 뜨거운 기운을 이기지 못한 새는 죽고 말았다. 또또까 형은 죽은 새를 손에 올려놓고 얼굴에 비벼 대며 울고 또 울었다. 그리고 이렇게 말했다.

"앞으로 다시는, 절대 다시는 새를 기르지 않을 거야."

나도 곁에 앉아 말했다.

"또또까 형, 나도 다시는 새를 안 기르겠어."

나는 집에 도착하자마자 밍기뉴에게로 갔다.

"슈르르까,* 나 할 일이 있어서 왔어."

"뭔데?"

"같이 기다리자."

"그래."

나는 밍기뉴의 허리에 머리를 기대고 앉았다.

"제제, 우리가 기다리는 게 뭔데?"

---

* 밍기뉴가 아주 마음에 들 때 제제가 부르는 애칭.

"하늘에 아주 예쁜 구름이 하나 지나가는 것."

"뭘 하게?"

"내 작은 새를 풀어 주려고."

"그래, 풀어 줘. 더 이상 새는 필요 없어."

우리는 하늘을 지켜보고 있었다.

"저거 어떨까, 밍기뉴?"

잎사귀 모양의 크고 잘생긴 흰 구름 하나가 천천히 다가오고 있었다.

"그래 저거야, 밍기뉴."

나는 가슴이 뭉클해져 벌떡 일어나 셔츠를 열었다. 내 메마른 가슴에서 새가 떠나가는 것을 느낄 수 있었다.

"내 작은 새야 훨훨 날아라. 높이 날아가. 계속 올라가 하느님 손끝에 앉아. 하느님께서 널 다른 애한테 보내 주실 거야. 그러면 너는 내게 그랬듯이 아름다운 노래를 부르겠지. 잘 가, 내 예쁜 작은 새야!"

왠지 가슴이 허전해진 것 같았다. 그런 기분은 영 가시지 않았다.

"제제, 저것 봐. 새가 구름 가에 앉았어."

"나도 봤어."

나는 머리를 밍기뉴 가슴에 기대고 멀리 사라져 가는 구름을 바라보았다.

"저 작은 새랑은 한번도 나쁜 짓을 하지 않았는데……."

그리고 밍기뉴 가지에 얼굴을 돌렸다.

"슈르르까."

"응?"

"내가 울면 보기 흉할까?"

"바보야, 우는 건 흉한 게 아니야. 그런데 왜?"

"글쎄. 아직 익숙하지 않아서 그런가 봐. 여기 내 가슴속 새장이 텅 빈 것 같아……."

***

글로리아 누나가 이른 새벽부터 나를 찾았다.

"손톱 좀 보자."

내가 손을 내밀었으나 잔소리는 하지 않았다.

"귀 좀 보여 줘."

"으윽, 제제."

누나는 나를 세탁대로 데려가 헝겊에 비누를 적셔 때를 닦아냈다.

"삐나제 족 투사란 사람이 이런 꼴락서니로 사는 건 본 적이 없다. 내가 쓸 만한 옷을 찾아볼 테니까 운동화를 신고 있어."

누나는 내 서랍을 뒤적이고 또 뒤적였다. 그러나 아무리 그래도 쓸 만한 옷은 찾지 못했다. 하나같이 구멍이 났거나 찢어졌거나 헝겊을 대고 기웠거나 실로 꿰맨 것들이었다.

"누구한테 얘기할 필요도 없어. 이 서랍만 봐도 얼마나 지독한 애인가 금방 표시가 나잖아. 이걸 입자. 그래도 이게 가장 나은 것 같다."

그리고 우리는 앞으로 내게 있을 놀라운 발견을 향해 나아갔다.

초등학교에 다다르자 등록을 하기 위해 어른 손을 잡고 온 아이들로 북적댔다.

"제제, 앞으론 말썽 피우면 안 돼. 알았지?"

우리는 아이들이 가득한 방으로 들어갔다. 모두들 서로의 얼굴을 멀거니 쳐다보고 있었다. 마침내 우리가 교장실로 들어갈 차례가 되었다.

"아가씨 동생인가?"

"네, 선생님. 어머니는 시내에 일하러 가셔서 못 오셨어요."

여자 교장은 나를 찬찬히 뜯어보았다. 두터운 안경 때문인지 눈이 매우 크고 까맣게 보였다. 우스꽝스럽게도 얼굴에는 남자처럼 수염이 나 있었다. 그 때문에 교장이 되었는지도 모르겠다.

"너무 어려 보이는데?"

"나이에 비해 작아서 그래요. 이래 봬도 벌써 글을 깨쳤어요."

"얘야, 너 몇 살이지?"

"2월 26일이면 여섯 살이 돼요, 선생님."

"좋아. 서류를 작성해 볼까? 우선 부모님 성함을 말해 봐요."

글로리아 누나가 아빠의 이름을 말했다. 그런데 엄마의 이름은 에스뗴파니아 지 바스콘셀로스라고만 말했다. 나는 잠자코 있지 못하고 누나의 말을 바로잡았다.

"에스뗴파니아 삐나제 지 바스콘셀로스예요."

"응?"

누나가 얼굴을 붉혔다.

"삐나제요. 어머니는 인디언 후손이시거든요."

나는 내가 학교에서 인디언 성을 가진 유일한 학생이 되리라는 사실이 자랑스러웠다.

글로리아 누나가 서류에 서명을 했다. 그러고도 주뼛거리며 서 있었다.

"뭐 다른 할 얘기가 있나, 아가씨?"

"저, 교복 말인데요……. 선생님께서도 아시겠지만……
아버지께서는 일자리를 아직 못 구하셨고…… 그래서 저희
형편이 어렵거든요."

이 말은 교장이 내 키와 치수를 어림해 보기 위해 내게 한
바퀴 돌아 보라고 했을 때 옷을 기운 흔적들이 나타나 여실히
증명되었다. 교장은 종이에 치수를 적어 주며 안으로 가서 에
울라리아 아줌마를 만나 보라고 했다.

에울라리아 아줌마도 내 키를 보고 놀랐다. 가장 작은 치수
를 입었는데도 긴 바지를 입은 병아리 같았다.

"이것밖에 없는데 너무 크네. 정말 애는 너무 작아!"

"제가 가져가 줄일게요."

교복을 두 벌이나 공짜로 받은 것에 만족해하며 우리는 그
곳을 나왔다. 밍기뉴가 새 교복을 입은 나를 보고 어떤 표정을
지었을지 상상해 보시라.

나는 매일매일 일어난 일들을 밍기뉴에게 하나도 빠짐없
이 말해 주었다.

"큰 종을 쳐. 하지만 교회 종만큼 크지는 않아, 알겠니? 운
동장에 모여서 자기 선생님을 찾아가야 돼. 그러면 선생님은

우리를 네 줄로 세우셔. 그다음 개미 한 마리 남지 않고 모두 교실로 들어가지. 우리는 책상에 앉는데, 책상은 위로 열고 닫을 수 있게 돼 있어서 소지품도 넣을 수 있어. 앞으로 나는 국가*들을 배울 거야. 선생님 말씀이 훌륭한 브라질 국민이 되고 애국자가 되려면 조국의 국가들을 알아야 한대. 노래를 배우면 불러 줄게. 알았지, 밍기뉴?"

매일매일이 새로웠다. 싸움도 했다. 끊임없이 새로운 세상을 발견했다.

"얘, 그 꽃 어디에 쓸 거니?"

아주 깔끔한 여자아이였다. 손에는 예쁘게 포장된 공책과 책이 들려 있었다. 머리는 두 갈래로 땋아 내렸다.

"우리 선생님 드리려고."

"왜?"

"선생님이 좋아하시니까. 공부 잘하는 여학생들은 모두 선생님께 꽃을 갖다 드리거든."

"남학생이 그래도 될까?"

"선생님을 좋아한다면 그게 무슨 상관 있니?"

---

* 브라질에는 조국의 노래, 국기에 대한 노래, 자유의 노래 등 여러 종류의 국가가 있다.

"응, 그러니?"

"그래."

쎄실리아 빠임 선생님께 꽃을 드리는 아이는 하나도 없었다. 못생겼기 때문인지도 몰랐다. 눈가에 난 점만 없었어도 그렇게 못생기지는 않았을 것이다. 그래도 쉬는 시간에 가끔 생크림 빵을 사 먹으라고 돈을 주는 분은 그 선생님뿐이었다.

그때부터 다른 반을 유심히 살펴보았다. 모든 반마다 선생님 책상 위에 놓은 병에 꽃이 있었다. 오직 우리 선생님 병만이 늘 비어 있었다.

***

사실 가장 큰 모험은 따로 있었다.

"그거 알아, 밍기뉴? 나 오늘 박쥐 잡았다."

"여기 뒤뜰 구석에 와서 살 거라던 그 루씨아누 말이니?"

"아니야, 바보야. 굴러다니는 박쥐야. 학교 근처에서 차가 속도를 줄일 때 차 뒤에 달린 바퀴에 매달리는 거야. 그렇게 한참 달리면 기분이 아주 좋아져. 그러다가 차가 모퉁이를 돌기 전에 다른 차가 오는지 보려고 멈추거든. 그때 깡충 뛰어내리면 돼. 그래도 조심해야 해. 너무 빨리 내리면 엉덩방아를 찧거나 팔이 부러질 수도 있으니까."

나는 수업 시간과 노는 시간에 일어난 일들도 모두 얘기했다. 국어 시간에 쎄실리아 빠임 선생님이 나보고 반에서 가장 잘 읽는 학생이라고 했다는 이야기를 해 주었을 때 밍기뉴가 우쭐해하던 모습은 직접 보지 않은 사람에게는 뭐라 설명할 수가 없다. 가장 '장독'* 을 잘하는 학생! 그러자 갑자기 의심이 생겼다. 우선 에드문드 아저씨께 '장독'이 맞는 말인지 물어봐야 할 것 같았다.

"다시 박쥐 얘기를 하자, 밍기뉴. 얼마나 재미있느냐 하면, 너를 말처럼 타고 달릴 때랑 같은 기분이야."

"하지만 나하고 달릴 땐 위험하지 않잖아?"

"위험하지 않다고? 우리가 들소와 물소를 사냥하러 서부 들판을 달릴 때 네가 미친 듯이 달리는 건 어떻고? 잊은 거야?"

밍기뉴는 말로 나를 당해 본 적이 없었기에 순순히 내 말을 인정해야만 했다.

"밍기뉴, 어떤 차가 한 대 있는데 그 차는 애들이 넘보지 못

---

* 제제가 '강독'과 혼동한 말.

하는 차야. 어떤 차인지 아니? 마누엘 발라다리스라는 포르투갈 사람 차야. 너 이렇게 흉한 이름을 들어본 적이 있니? 마누엘 발라다리스……."

"정말 흉하다. 나도 생각하고 있는 게 하나 있는데."

"네 생각이 뭔지 내가 모를 줄 알아? 나도 알아. 하지만 당분간은 안 돼. 난 조금 더 연습을 해야 하거든. 위험한 모험을 하기 전에……."

***

기쁨 속에서 하루하루가 흘러갔다. 어느 날 아침 나는 꽃을 들고 선생님 앞에 나타났다. 선생님은 감동해서 나를 '신사'라고 불러 주었다.

"밍기뉴, 그게 무슨 말인지 아니?"

"신사는 왕자처럼 점잖은 사람이야."

나는 점점 더 수업에 재미를 붙였고 공부도 더 열심히 했다. 학교에서는 나를 욕하는 사람이 없었다. 그래서 글로리아 누나는 내가 서랍 속에 악마를 가둬 두고 딴 아이가 된 것 같다고 말했다.

"너도 내가 변하고 있다고 생각하니, 밍기뉴?"

"그런 것 같기도 해."

"그래? 그렇다면 비밀 한 가지 얘기해 주려고 했는데 말하지 않을래."

나는 밍기뉴에게 화가 나서 나와 버렸다. 그러나 밍기뉴는 내 화가 오래가지 않으리라는 것을 알고 있기 때문에 그다지 신경 쓰지 않았다.

비밀이란 내가 밤에 벌일 일에 관한 것이었다. 조바심에 찬 내 심장은 가슴 밖으로 튀어나올 듯 세차게 두근댔다.

공장의 사이렌이 울리고 사람들이 쏟아져 나왔다. 여름에는 낮이 밤을 천천히 끌어오는 것 같다. 저녁 식사 시간도 천천히 다가왔다. 나는 뱀 장난도, 다른 장난도 칠 생각을 않고 대문 앞에 얌전히 앉아 엄마를 기다렸다. 잔디라 누나가 이상하게 여기고 풋과일을 먹어 배가 아픈 것이 아니냐고 물어보기까지 했다.

엄마의 모습이 길모퉁이에 보였다. 분명 엄마였다. 이 세상 누구도 엄마와 닮은 사람은 없다. 나는 벌떡 일어나 달려갔다.

"다녀오셨어요, 엄마."

나는 엄마의 손에 입을 맞췄다. 거리의 희미한 불빛 아래서도 엄마의 피곤한 모습을 알아볼 수 있었다.

"엄마, 오늘 일 많이 하셨어요?"

"그래. 방적기가 어찌나 열을 뿜어 대는지 견디기가 힘들었다."

"바구니 저 주세요. 엄만 피곤하시잖아요."

나는 빈 도시락이 든 바구니를 받아 들었다.

"오늘도 장난 많이 쳤니?"

"조금요, 엄마."

"그런데 우리 제제가 웬일로 날 마중 나왔을까?"

엄마는 뭔가 눈치챈 것 같았다.

"엄마, 엄마는 그래도 아주 조금은 절 사랑하시죠?"

"다른 애들과 똑같이 너를 사랑해요. 그런데 왜?"

"엄마, 나르딘뉴가 누군지 아세요? '안짱다리'의 조카 말예요."

엄마는 빙그레 웃었다.

"알 것도 같다."

"엄마. 그 애 엄마가 그 애한테 양복을 해 주셨던 게 있거든요. 아주 멋져요. 초록에 하얀 줄이 있는 거요. 목까지 단추를 잠그는 조끼도 있어요. 그런데 그게 걔한테 작아졌대요. 그리고 그 애한테는 그걸 물려줄 동생도 없고요. 그래서 팔려고 한 대요. 엄마가 사 주실래요?"

"아이고, 애야! 우리 형편이 어렵잖니?"

"돈은 두 번에 나눠서 내도 된대요. 그렇게 비싸지도 않아요. 품삯은 내지 않는 거나 마찬가지예요."

나는 전당포 주인 자꼽이 하는 말을 되풀이했다.

엄마는 잠시 계산을 하는 것 같았다.

"엄마, 난 우리 반에서 공부를 가장 잘해요. 선생님이 그러는데 내가 우등상을 탈 거래요. 사 주세요, 엄마. 새 옷을 입어 본 지 얼마나 오래된 줄 아세요……."

엄마가 계속 잠자코 있어서 나는 더욱 조바심이 났다.

"생각해 보세요, 엄마. 그 옷이 아니면 생전 시인의 옷은 못 입어 볼 거예요. 그걸 사 주시면 랄라 누나가 비단 헝겊 조각으로 이렇게 큰 나비넥타이를 만들어 줄 거예요."

"알았다, 애야. 일주일 동안 밤일을 해서라도 사 주마."

나는 엄마의 손에 키스를 했다. 그리고 그 손에 내 얼굴을 댄 채 집까지 왔다.

이렇게 해서 난 시인의 옷을 입게 되었다. 어찌나 멋져 보였는지 에드문드 아저씨는 나를 데리고 사진을 찍으러 가 주었다.

***

학교. 꽃. 꽃. 학교…….

고도프레두가 우리 교실로 찾아오기 전까지는 모든 일이 순조로웠다. 고도프레두는 양해를 구하고 들어와 쎄실리아 빠임 선생님과 몇 마디 이야기를 나눴다. 내가 알 수 있었던 건 단지 그가 병에 꽂힌 꽃을 가리킨 것뿐이었다. 그가 나갔다. 선생님은 슬픈 얼굴로 나를 바라보았다. 수업이 끝나자 선생님은 나를 불렀다.

"제제, 할 얘기가 있다! 잠깐 남아 있어라."

선생님은 한없이 핸드백을 뒤적였다. 마치 내게 말을 꺼낼 용기를 핸드백 속의 물건들 사이에서 찾고 있는 것 같았다. 그리고 마침내 결단을 내린 듯 입을 열었다.

"제제, 고도프레두가 너에 대해 아주 나쁜 얘길 하더라. 그게 사실이니?"

나는 머리를 끄덕였다.

"꽃에 관한 얘기죠? 그렇죠, 선생님?"

"왜 그런 짓을 했니?"

"아침에 일찍 일어나서 세르지뉴네 정원으로 갔어요. 대문이 열려 있어서 재빨리 들어가 꽃을 하나 꺾었어요. 하지만 그곳엔 꽃이 엄청 많아서 표시도 나지 않아요."

"그래도 그렇지. 그건 옳은 일이 아니야. 더 이상 그런 짓을 하면 안 된다. 큰 도둑질이 아니라도 아무튼 도둑질은 도둑질이야."

"아니에요, 선생님, 안 그래요. 이 세상은 하느님 것이죠? 이 세상 모든 것이 하느님 거잖아요. 그러니까 꽃들도 하느님 거예요."

내가 조리 있게 대꾸하자 선생님은 깜짝 놀랐다.

"선생님, 그렇게 할 수밖에 없었어요. 우리 집에는 정원이 없어요. 꽃을 사려면 돈이 들고요……. 그리고 전 선생님 병만 늘 비어 있는 것이 마음 아팠어요."

선생님은 마른침을 삼켰다.

"가끔 선생님께선 생크림 빵을 사라고 저한테 돈을 주셨잖아요. 그렇지요?"

"매일 주고 싶어도 네가 종종 사라져 버렸어."

"전 매일 받을 수가 없었어요."

"왜?"

"간식을 가져오지 못하는 다른 애들이 있으니까요."

선생님은 핸드백에서 손수건을 꺼내 나 몰래 슬쩍 눈물을 닦았다.

"선생님, '올빼미'를 못 보셨어요?"

"올빼미가 누군데?"

"저만큼 작은 흑인 여자애예요. 꼭대기에 머리를 틀어 끈으로 묶은 애요."

"아! 도로떨리아 말이구나."

"네, 선생님. 도로떨리아는 저보다 더 가난해요. 다른 여자애들은 그 애가 흑인인 데다가 가난뱅이라서 같이 놀려고도 하지 않아요. 그래서 그 앤 매일 구석에 혼자 웅크리고 앉아 있어요. 전 선생님께서 주신 돈으로 산 생크림 빵을 그 애하고 나눠 먹었어요."

선생님은 이번엔 아주 오랫동안 코에 손수건을 대고 있었다.

"선생님께서 가끔 저 대신 그 애한테도 돈을 주셨으면 좋았는데. 그 애 엄마는 남의 집 빨래를 하세요. 애들이 열한 명이나 된대요. 게다가 모두 아직 어리구요. 우리 진지냐 할머니께서도 토요일마다 그 애 집에 쌀과 콩을 갖다주시며 돕고 계세요. 저도 엄마가 작은 것이라도 더 가난한 사람과 나눠야 한다고 하셔서 제 생크림 빵을 나눠 먹은 거예요."

이제 선생님의 눈물은 하염없이 흘러내렸다.

"전 선생님이 우시라고 그렇게 한 게 아니에요. 이제는 꽃을 훔치지 않고 공부만 열심히 하겠다고 약속할게요."

"그게 아니다, 제제. 이리 와 봐라."

그러고는 내 손을 꼭 잡았다.

"넌 정말 고운 마음씨를 가졌으니까 나하고 약속 하나 하자, 제제."

"약속할게요. 하지만 선생님을 속이고 싶진 않아요. 전 마음씨가 곱지 않아요. 선생님께서는 집에서 제가 어떤지 모르셔서 그러세요."

"상관없어. 내겐 네가 아주 고운 애란다. 앞으론 네가 꽃을 가져오지 않았으면 좋겠다. 네가 얻어 오는 거라면 모르지만 말이다. 약속하겠니?"

"약속해요, 선생님. 하지만 병은요? 늘 비어 있어야 하나요?"

"이 병은 결코 비어 있지 않을 거야. 난 이 병을 볼 때마다 이 세상에서 가장 아름다운 꽃을 보게 될 거야. 그리고 이렇게 생각할 거야. 내게 이 꽃을 갖다 준 아이는 세상에서 가장 착한 나의 학생이라고. 그럼 됐지?"

이제 선생님은 미소를 보였다. 그리고 내 손을 놓으며 아주 부드럽게 말했다.

"이제 가 봐라, 황금 같은 마음씨를 가진 아이야."

5. 네가 감옥에서 죽는 것을 보겠어

학교에서 배운 것 중에 가장 쓸모 있는 것은 '요일'이었다. 나는 '그 사람'이 요일의 왕인 화요일에 온다는 것을 알았다. 나중에는 그가 한 주 화요일은 역 건너편 동네로, 그다음 주에는 우리 동네로 온다는 것도 알아냈다.

그래서 난 화요일마다 수업을 빼먹었다. 또또까 형조차 눈치채지 못하도록 아주 조심했다. 그렇지 않으면 집에다 일러바치지 못하도록 구슬을 바쳐야 했기 때문이다. 아직 시간이 일렀다. 그는 교회 종이 아홉 시를 쳐야 나타났기 때문에 나는 그동안 거리를 한 바퀴 돌았다. 물론 눈에 뜨일 위험이 없는 거리만 골라 다녔다. 우선 교회에 들어가 성인들의 초상화를 구경했다. 촛불이 곳곳에 켜 있어서 벽에 걸린 그림들이 약간 무서워 보였다. 촛불이 흔들릴 때마다 성인들도 번쩍거렸다. 늘 꼼짝 않고 서 있는 성인이 되는 것이 좋은지 아닌지 잘 모르겠다. 내가 성물 보관소를 보고 있을 때 자까리아스 씨는 촛대의 초를 갈고 있었다. 그는 타다 남은 초들을 상 위에 수북이 쌓아 두었다.

"안녕하세요, 자까리아스 아저씨?"

그는 하던 일을 멈추고 안경을 코 끝에 내려놓은 뒤 코를 킁킁거리며 뒤돌아보았다.

"잘 있었니, 얘야!"

"제가 도와드릴까요?"

나는 타다 남은 초들을 집어삼킬 듯 바라보았다.

"방해만 될 게야. 오늘은 학교 안 가니?"

"갔었어요. 근데 선생님께서 안 오셨어요. 이가 아프시대요."

"아, 그래!"

그러고는 돌아서서 안경을 다시 콧등에 얹었다.

"너 몇 살이냐, 얘야?"

"다섯 살이요. 아니 여섯 살이에요. 아니, 여섯 살이 아니라 다섯 살이에요."

"그러니까 다섯 살이냐, 여섯 살이냐?"

학교를 다닌다는 것을 생각하고 거짓말을 했다.

"여섯 살이에요."

"여섯 살이면 교리 문답을 배우기에 딱 알맞은 나이인데."

"저도 배울 수 있어요?"

"그럼, 왜 못해? 매주 목요일 오후 세 시에 오거라. 오겠니?"

"봐서요. 아저씨께서 타다 남은 초를 주시면 올게요."

"그 초 도막으로 뭘 하게?"

악마가 또 나를 충동질했다. 그래서 거짓말을 하고 말았다.

"연줄에 칠하려고요. 그러면 줄이 단단해지거든요."

"그럼 가져가거라."

나는 초 도막을 끌어 모아 책과 구슬이 들어 있는 가방에 집어 넣었다. 그렇게 신이 날 수가 없었다.

"고맙습니다, 자까리아스 아저씨."

"목요일이라는 걸 명심해라. 알았지?"

나는 날 듯이 뛰어나왔다. 아직 시간은 여유가 있었다. 나는 카지노 앞으로 달려갔다. 사람의 왕래가 뜸한 틈을 타 거리를 가로질렀다. 그리고 잽싸게 있는 힘을 다해 길바닥에 초 칠을 한 다음 다시 돌아와 카지노의 닫힌 문 앞 길거리에 앉아 기다렸다. 멀찍이 떨어져 맨 처음 넘어지는 사람이 누구인지 보고 싶었다.

기다리다 못해 거의 맥이 빠지고 있었다. 그런데 갑자기, 철커덕! 심장이 덜컥거렸다. 난제아제나의 엄마인 꼬린냐 아줌마가 한 손에는 손수건을, 다른 한 손에는 성경을 들고 문을 나서서 교회 쪽으로 걷기 시작했다.

"맙소사!"

그 아줌마는 엄마의 친구였고, 글로리아 누나의 친구인 난제아제나의 엄마였다. 보고 싶지 않았다. 그래서 길모퉁이까지 힘껏 달려갔다가 거기에 멈춰서 바라보았다. 아줌마는 바닥에 나뒹굴며 욕을 퍼부어 댔다.

아줌마가 다쳤는지 보려고 사람들이 모여들었다. 욕을 해 대는 것을 보니 살짝 긁힌 정도인 것 같았다.

"이 주위를 알짱거리는 못된 놈들 짓일 거예요."

나는 안도의 한숨을 내쉬었다. 그때 등 뒤에서 어떤 손 하나가 내 책가방을 잡아챘다.

"제제, 저거 네 짓이지, 응?"

불꽃머리 오를란두 씨였다. 오랫동안 우리 이웃이었던 사람이다. 나는 아무 말도 할 수가 없었다.

"너야, 아니야?"

"우리 식구들한테 이르지 않으실 거죠?"

"이르지 않으마. 그런데 제제, 이리 와 봐라. 이번 일은 저 아줌씨가 수다쟁이라서 눈감아 주는데 다시는 그런 짓 하지 마. 누군가 다리가 부러질 수도 있어."

내가 세상에서 가장 고분고분한 표정을 짓자 그는 나를 놓아주었다.

나는 '그'가 도착하기를 기다리며 시장 근처를 돌아다녔다. 로젬베르그 씨네 빵집 앞을 지날 때는 상냥하게 인사했다.

"안녕하세요, 로젬베르그 아저씨?"

그는 그저 쌀쌀하게 '안녕'이라고 대꾸할 뿐이었다. 과자 조각도 주지 않았다. 망할 놈의 자식! 내가 랄라 누나랑 있을 때만 그런 걸 주다니.

"앗, 저기 그 사람이다!"

바로 그 순간 시계가 아홉 시를 알렸다. 그는 절대 늦는 법이 없었다. 나는 거리를 두고 그의 뒤를 쫓았다. 그는 쁘로그레

수 거리로 접어들어 모퉁이에 멈춰 섰다. 그리고 보따리를 내려놓고 왼쪽 어깨에 조끼를 얹었다. 아, 체크 무늬 셔츠도 어쩌면 저렇게 멋있는지! 나도 크면 꼭 저런 셔츠만 입어야지. 목에는 빨간 머플러를 두르고 있었다. 그는 모자를 뒤로 젖히고 굵은 목소리로 거리에 생기를 불어넣었다.

"어서 오세요, 여러분! 신곡이 왔어요."

바이아* 사람의 목소리는 매우 아름다웠다.

"금주의 히트 곡은 〈클라우디오노르〉입니다. 쉬꾸 비올라의 최신곡 〈용서〉도 있습니다. 비센찌 셀레스띠누의 최신 히트 곡도 있습니다. 자, 여러분 최신 음악을 배워 보세요."

노래하는 듯한 그의 말투는 나를 황홀케 했다.

나는 그가 〈파니〉를 불러 줬으면 하고 생각했다. 그가 부르는 노래를 나는 따라 배웠다. '네가 감옥에서 죽는 것을 보겠어' 대목에 이르면 너무 멋진 나머지 온몸에 소름이 돋을 정도였다. 그는 큰 목소리로 〈클라우디오노르〉를 부르기 시작했다.

• 유명한 가수들을 배출한 브라질 북부의 주.

망게이라 언덕의 삼바 축제에 갔다네
흑백 혼혈 여인 하나가 내 마음을 빼앗았네
하지만 다시는 가지 않으리 얻어맞을까 무서워
힘이 장사인 남편이 날 죽일지도 몰라

클라우디오노르처럼 되지는 않을 거야
식구들을 먹여 살리려고 그는 부두 일꾼이 되었지

그는 노래를 멈추고 다시 손님을 모으기 시작했다.

"자! 일 또스땅에서 사백 헤이스까지 온갖 악보가 있습니다! 육십여 곡의 신곡이 수록되어 있어요! 최신 탱고도 있습니다."

그러고 나서 내가 가장 좋아하는 〈파니〉를 부르기 시작했다.

그녀는 혼자였는데
이웃을 부를 틈도 없이
넌 인정사정없이 그녀를 찔렀지

그다음 대목에 이르자 그의 목소리는 굳은 마음도 녹일 만

도 있습니다. 도시에선 탱고 〈하늘의 빛〉이 최고 인기예요. 아름다움 그 자체지요. 가사가 얼마나 멋있는지 보십시오!"

그는 가슴을 펴고 노래를 시작했다.

당신의 눈빛은 하늘을 닮았어요
은하계에 빛나는 별들의 광채를
맹세코 그런 빛은 하늘에도 없어요
당신의 눈빛처럼 매혹적인 눈빛은

오! 내 눈을 보아요
달빛 파도 속에 이루어진
슬픈 사랑의 이야기를 기억해요
슬픈 사랑을 말없이 보여 주는 당신의 눈빛

그는 노래 몇 곡을 더 소개하고 악보를 팔았다. 다시 나와 눈이 마주치자 그는 나를 손가락으로 불렀다.

"이리 와 봐라, 꼬맹아."

나는 배시시 웃으며 그의 말을 따랐다.

"계속 따라다닐래 아니면 관둘래?"

"따라다닐래요. 아저씨처럼 노랠 잘하는 사람은 이 세상에 없어요."

그는 약간 우쭐해하며 긴장을 누그러뜨렸다. 일이 술술 잘 풀리는 것 같았다.

"하지만 넌 꼭 찰거머리 같단 말이야."

"전 아저씨가 비센찌 셀레스띠누나 쉬꾸 비올라보다 노래를 더 잘하는지 듣고 싶었어요. 그런데 역시 더 잘 부르세요."

그는 입이 찢어져라 웃었다.

"그 사람들 노래를 들은 적이 있냐, 꼬맹아?"

"네. 아다우뚜 루스네 아들 집에 있는 전축으로 들었어요."

"아마 그 전축이 낡았거나 바늘이 못 쓰게 돼서 그랬을 거다."

"아니에요. 전축은 산 지 얼마 안 된 거였어요. 진짜 아저씨가 더 잘 부르세요. 그래서 이런 생각도 해 봤어요."

"얘기해 봐."

"제가 계속 아저씨랑 함께 다니는 거예요. 음, 아저씨가 악보가 얼마인지만 가르쳐 주세요. 노래는 아저씨가 하고 악보는 제가 파는 거예요. 사람들은 어린애한테 사는 것을 더 좋아하거든요."

"나쁜 생각은 아닌데, 꼬맹아. 하지만 한 가지 물어보자. 네가 원한다면 좋지만 난 네게 아무것도 줄 수가 없어."

"전 아무것도 바라지 않아요."

"그럼 왜?"

"노래하는 게 좋아서요. 노래 배우는 것이 좋아요. 전 이 세상에서 〈파니〉가 가장 멋진 노래라고 생각해요. 아저씨가 악보를 많이 팔고 나면 아무도 사가지 않는 낡은 악보나 하나 주세요. 우리 누나 갖다주게요."

그는 모자를 벗어 아주 짧은 머리를 긁적였다.

"제겐 글로리아라는 누나가 있어요. 누나한테 줄 거예요. 그럼 됐어요."

"그래, 가자."

그 후로 우리는 함께 노래하며 악보를 팔게 되었다. 그가 노래를 부르면 나는 그것을 따라 배웠다.

정오가 되자, 그는 생각에 잠긴 모습으로 나를 쳐다보았다.

"그런데 넌 점심 먹으러 집에 안 가니?"

"일 끝나면요."

그는 다시 머리를 긁적거렸다.

"날 따라와."

우리는 세레스 거리의 상점에 앉았다. 그는 보따리 밑바닥에서 샌드위치를 꺼냈다. 그리고 허리춤에서 무시무시한 칼을 빼 샌드위치를 한 조각 잘라 내게 주었다. 그리고 사탕수수로 만든 술을 한 잔 시켜 마시고는 간식과 함께 마실 레몬주스 두 병을 시켰다. 그는 간식을 '깐식'이라고 발음했다. 샌드위치를 입에 가져가면서도 눈으로는 나를 바라보았다. 아주 만족스러운 눈빛이었다.

"이봐, 꼬맹이. 넌 내게 행운을 가져다주었어. 내 주위에도 너 같은 배 볼록 나온 꼬맹이들이 많이 있는데 이렇게 큰 도움이 될 수도 있겠다는 생각은 죽어도 못 했었거든."

그는 레몬주스를 벌컥벌컥 마셨다.

"너 몇 살이냐?"

"다섯 살요. 아니 여섯 살이요. 아니 다섯……."

"다섯 살이야, 여섯 살이야?"

"아직 여섯 살이 안 됐어요."

"아무튼 넌 참 영리하고 착한 아이다."

"그럼 다음 주 화요일에도 함께 일해도 되나요?"

그는 한바탕 웃었다.

"너만 좋다면."

"당연히 좋지요. 그래도 누나랑 먼저 의논해 보고요. 누나도 이해할 거예요."

한 번도 가 본 적 없는 역 건너편에 갈 생각을 하니 무척 신이 났다.

"내가 그쪽으로 간다는 걸 어떻게 알았어?"

"저는 화요일마다 아저씨를 기다렸거든요. 그런데 한 주는 오시고 한 주는 안 오시더라고요. 그래서 기찻길 건너편으로 가시는 게 아닌가 하고 생각했죠."

"너 굉장한 아이로구나. 이름이 뭐냐?"

"제제예요."

"난 아리오발두다. 자, 악수!"

그는 죽을 때까지 친구가 되자면서 못 박인 손으로 내 손을 잡았다.

***

글로리아 누나를 설득하는 일은 그리 어렵지 않았다.

"제제, 일주일에 한 번이라고? 그러면 수업은 어떡하고?"

나는 누나에게 공책을 보여 주었다. 내 공책은 깨끗하고 정성스럽게 정리되어 있었다. 성적도 매우 좋았다. 산수 공책도 마찬가지였다.

"그리고 누나, 강독은 내가 일등이야."

그래도 누나는 망설였다.

"우리는 똑같은 것을 6개월 내내 반복한단 말이야. 멍텅구리 당나귀라도 충분히 배울 만한 시간이야."

누나가 피식 웃었다.

"무슨 말을 그렇게 하니, 제제."

"진짜야, 누나. 노래를 배우면 훨씬 더 많이 배워. 내가 새로 배운 낱말 좀 들어 볼래? 나중에 에드문두 아저씨가 다 설명해 줬어. 잘 들어 봐. '부두일꾼', '천성계', '은하계', '비통하다'. 그리고 있잖아, 일주일에 하나씩 누나한테 악보를 가져다주고, 세상에서 가장 멋진 노래도 가르쳐 줄게."

"그래도 문제야. 화요일마다 네가 점심 먹으러 오지 않는 걸 아빠가 눈치채시면?"

"아빠는 절대 눈치 못 채셔. 어쩌다 물으시면 거짓말하면 되지, 뭐. 진지냐 할머니댁에서 먹는다고 하든가 난제아제나한테 심부름 보내서 거기서 먹는다고 하면 되잖아."

맙소사! 지어낸 말이었기에 망정이지, 만약 그 아줌마가 그 일이 내가 한 일이라는 걸 안다면…….

누나는 결국 허락해 주었다. 내 심한 장난도 막을 수 있고, 따라서 매 맞는 횟수도 줄일 수 있다고 생각한 모양이었다. 그 후 수요일마다 오렌지나무 밑에 앉아 누나에게 노래를 가르쳐 주는 것도 즐거운 일이었다.

나는 애타게 화요일을 기다렸다. 이제는 아예 역까지 나가서 아리오발두 아저씨를 기다렸다. 기차를 놓치지 않는 한 그는 여덟 시 반에 도착했다.

나는 이곳저곳을 돌아다니며 온갖 것을 다 구경했다. 빵집 앞을 지나는 것도 재미있었고 사람들이 오르내리는 역 계단을 구경하는 것도 좋았다. 거기야말로 구두닦이 하기에 적당한 장소였다. 그러나 글로리아 누나는 그것은 허락하지 않았다. 경찰들이 쫓아와 구두닦이 통을 빼앗아 갈 수도 있었고, 무엇보다 기차가 다녔기 때문이다. 기찻길을 건널 때는 그곳이 다리 위라 하더라도 아리오발두 아저씨의 손을 잡고서만 건널 수 있었다.

그가 저쪽에서 가쁜 숨을 내쉬며 오고 있었다. '파니' 이후 그는 내가 사람들의 취향을 잘 알아맞힌다고 굳게 믿었다.

우리는 공장 정원 맞은편 역 담장에 앉았다. 그는 히트 곡

악보를 펼쳐 놓고 노래의 첫 구절을 내게 불러 주었다. 내가 별로라고 하면 다른 곡으로 바꿨다.

"이건 신곡이야. 〈말괄량이〉."

그는 노래를 불렀다.

"다시 한 번 불러 보세요."

그는 마지막 소절을 다시 불렀다.

"이거예요, 아저씨. 그리고 여기에다 〈파니〉랑 탱고 몇 곡을 더 부르면 몽땅 팔 수 있을 거예요."

우리는 햇빛과 먼지가 가득한 거리로 나섰다. 우리는 여름을 알리는 즐거운 새들이었다.

그의 우렁찬 목소리가 아침의 창문을 열었다.

"이번 주, 이번 달, 올해의 히트 곡을 소개합니다. 바로 쉬꾸 비올라가 부른 〈말괄량이〉입니다."

푸른 산봉우리에

은빛 달이 떠오르고

세레나데 노랫가락은

창가를 지나 연인의 잠을 깨우네

사랑의 노랫소리를
은은한 기타 선율에 실어
가슴에 싹튼 마음을
그대에게 고백하리라

그가 노래를 잠시 멈추고 머리를 두 번 흔들어 내게 신호를
보내면 나는 아주 가녀린 목소리로 노래를 부르기 시작했다.

나의 넋을 앗아간 아름다운 여인이여
아! 내가 할 수만 있다면
그대를 제단 위에 받들어 모시리라
그대는 내 꿈속의 영상, 나의 등불이라네
그대는 말괄량이, 일할 필요가 없다네

정말 대단했다. 아가씨들이 악보를 사러 달려 나왔다. 남녀
노소 할 것 없이 모두들 사 갔다.
나는 사백 헤이스와 오백 헤이스짜리 악보를 팔 때가 좋았
다. 아가씨들이라면 무슨 악보를 사 갈 것인지도 알아맞힐 정
도였다.

"아가씨, 잔돈 여기 있습니다."

"가지고 있다가 사탕이나 사 먹어라."

나는 아리오발두 아저씨의 말투까지 흉내 냈다.

정오가 되면 언제나처럼 가장 가까운 식당으로 가서 꿀떡, 꿀떡, 꿀떡, 샌드위치를 게걸스레 먹었고 가끔 오렌지 소다수나 까치밥나무 열매 소다수를 함께 마시기도 했다.

나는 주머니에서 거스름돈을 꺼내 식탁 위에 펼쳐 놓았다.

"여기 있어요, 아저씨."

그리고 그의 앞으로 동전을 밀었다.

그는 웃으며 말했다.

"넌 참 멋진 꼬맹이로구나, 제제."

"아저씨, 아저씨는 왜 저를 꼬맹이라 부르세요?"

"내 고향 바이아 주에선 너처럼 아주 작은 아이를 그렇게 부른다."

그는 머리를 긁적인 후 트림을 하려고 손을 입으로 가져갔다. 그리고 내게 양해를 구하고 이쑤시개를 집어 들었다. 그러나 동전은 여전히 집지 않았다.

"제제, 내가 생각해 봤는데, 오늘부터 거스름돈은 네가 가져라. 어차피 우리는 듀엣이니까."

"듀엣이 뭔데요?"

"두 사람이 같이 노래하는 걸 말하지."

"그럼 이걸로 '늘어진 마리아' 젤리*를 사 먹어도 돼요?"

"돈은 네 거야. 네가 알아서 해."

"고맙소, 친구!"

그는 내 말에 웃음을 터뜨렸다. 나는 젤리를 먹으며 그를 쳐다보았다.

"진짜 우리가 듀엣인가요?"

"이제부터는 그렇단다."

"그럼 제가 〈파니〉에 나오는 마음 부분을 불러도 돼요? 아저씨가 앞부분을 힘차게 부르시면 제가 이 세상에서 가장 달콤한 목소리로 마음 부분을 부를게요."

"나쁜 생각은 아닌데, 제제."

"그럼 점심 먹고 나서는 〈파니〉로 시작해요. 아주 재수가 좋을 거예요."

내리쬐는 햇볕 아래에서 우리는 다시 일을 시작했다. 그 사건이 터졌을 때 우리는 〈파니〉를 부르고 있었다. 얼굴에 하얗

• 마시멜로와 유사한 종류의 젤리. 흐물흐물하여 '늘어진 마리아'라는 별명이 붙었다.

게 분을 칠한 열성 신도 같은 모습의 마리아 다 펜냐 아주머니가 양산을 쓰고 다가왔다. 그녀는 우리가 부르는 〈파니〉를 서서 듣고 있었다. 아저씨는 불길한 예감이 들었는지 걸으면서 부르자고 내 옆구리를 쿡 찔렀다.

무슨 상관이야! 난 〈파니〉의 마음 부분에 푹 빠져 무슨 일이 벌어지고 있는지 전혀 모르고 있었다.

마리아 다 펜냐 아주머니는 양산을 접더니 양산 끝으로 구두 끝을 톡톡 쳤다. 내가 노래를 마치자 잔뜩 화가 난 얼굴로 소리쳤다.

"잘한다, 잘해. 어린애가 이런 부도덕한 노래를 부르다니."

"부인, 제 일은 부도덕한 일이 아닙니다. 정직한 일이기에 한 번도 부끄럽게 생각해 본 적이 없습니다. 아시겠습니까?"

나는 아저씨가 그렇게 화내는 것을 본 적이 없었다. 하지만 그녀도 물러설 기세가 아니었다. 볼 만할 것 같았다.

"이 애가 당신 아들이오?"

"불행하게도 아닙니다, 부인."

"그럼 조카나 친척이라도 되나요?"

"친척도 아닙니다."

"몇 살이죠?"

"여섯 살입니다."

그녀는 의심스럽다는 듯이 나를 훑어보았다. 그래도 단념하지 않았다.

"어린애를 착취하는 게 부끄럽지도 않은가요?"

"착취라니요, 부인. 저 애가 원하고 좋아서 하는 겁니다. 아시겠어요? 게다가 난 돈을 지불하고 있다구요. 안 그러냐?"

나는 머리를 끄덕여 보였다. 나는 한바탕 붙고 싶었다. 내 마음 같아선 그녀의 배를 머리로 들이받아 바닥에 쾅하고 넘어뜨리고 싶었다.

"어쨌든 무슨 조치를 취할 테니까 각오하세요. 신부님께 말씀드리고, 아동 담당 판사에게도 얘기하겠어요. 경찰에도 갈 거구요."

여기까지 얘기한 그녀가 갑자기 입을 다물고 겁에 질려 눈을 동그랗게 떴다. 아리오발두 아저씨가 그 무시무시한 칼을 뽑아 들고 그녀에게 다가가고 있었다. 그녀가 기절하는 것은 시간 문제였다.

"어디, 가 보시지, 부인. 지금 당장 가 보셔! 난 원래 아주 착한 놈인데 남의 사생활에 간섭하는 수다쟁이 마녀들만 보면 혀를 자르는 나쁜 버릇이 있다구."

그녀는 빗자루처럼 뻣뻣해져서 걸어가다가 멀리서 돌아
서더니 양산으로 우리를 가리켰다.

"어디 두고 보자구!"

"꺼져, 수다쟁이 마녀야!"

그녀는 양산을 다시 펴 쓰더니 굳은 걸음으로 길 저편으로
사라졌다.

***

해질 무렵 아리오발두 아저씨는 하루 벌이를 계산했다.

"전부 팔았다, 제제. 네 말이 맞았어. 넌 내게 행운을 가져
다 주었어."

나는 마리아 다 펜냐 아주머니 생각을 했다.

"그 아줌마가 정말 무슨 일을 저지를까요?"

"저지르긴 뭘 저질러. 아냐, 제제. 기껏해야 신부님께 일러
바치고 말겠지. 그러면 신부님은 '그냥 모르는 척하세요, 마리
아 여사. 북쪽 사람들은 장난으로 그런 말을 하진 않아요'라고
충고하실 거야."

그는 돈을 주머니에 넣고 보따리를 둘둘 말았다.

그리고 늘 그러듯이 바지 주머니에 손을 넣어 꾸깃꾸깃한 악보를 하나 꺼냈다.

"이건 누나 갖다 줘라."

그러고는 기지개를 켰다.

"오늘은 아주 대단한 날이었어."

우리는 잠시 앉아서 휴식을 취했다.

"아리오발두 아저씨?"

"응?"

"수다쟁이 마녀가 뭐예요?"

"낸들 알겠니? 화가 나니까 나도 모르게 튀어나온 말이야."

그리고 기분 좋게 웃어 댔다.

"진짜 찌르려고 하셨어요?"

"아니. 겁만 줄 작정이었어."

"찔렀더라면 창자가 나왔을까요, 아니면 인형 속에 든 지푸라기들이 나왔을까요?"

그는 웃으며 내 머리를 정답게 쓰다듬어 주었다.

"정말 알고 싶니, 제제? 아마 똥이 나왔을 거야."

우리 둘은 함께 웃었다.

"전혀 걱정할 것 없다. 절대. 난 사람을 죽일 정도로 대범한

사나이가 아니야. 병아리도 못 죽이는걸. 난 우리 마누라한테
도 꼼짝 못해. 빗자루로 맞고 살 정도라니까."

우리는 일어나 역으로 향했다. 그리고 아저씨는 나와 악수
를 하며 말했다.

"만약을 위해 한동안 이 거리에는 오지 말자."

그리고 내 손을 더욱 꽉 잡았다.

"다음 주 화요일에 보자구, 친구."

그가 층계를 천천히 올라가는 동안 나는 머리를 끄덕여 보
였다.

계단 꼭대기에서 그가 외쳤다.

"제제, 넌 천사야!"

나는 손을 흔들어 보였다. 그리고 웃기 시작했다.

"천사요? 아저씨가 아직 저를 잘 몰라서 그래요."

2
부

아기 예수는
슬픔 속에서 태어났다

1. 박쥐

"제제, 서둘러. 학교 늦겠다."

나는 식탁에 앉아 천천히 마른 빵을 씹으며 커피를 마시고 있었다. 늘 하던 대로 식탁 위에 팔을 얹고 벽에 걸린 달력을 바라보았다.

글로리아 누나는 몸이 달아 안달이었다. 맘 놓고 집안일을 할 수 있도록 우리가 얼른 사라지기를 애타게 기다리고 있었다.

"빨리 해, 망나니 같은 것아! 여태 머리도 안 빗고 뭐 했어!

147

너도 또또까 형처럼 제시간에 준비할 수 없니?"

누나는 거실에서 빗을 가져와 내 금발 앞머리를 빗겨 주었다.

"이런 억센 털 러시아 고양이는 빗질할 필요도 없다니까."

누나는 나를 의자 위에 세워 놓고 요리조리 살폈다. 셔츠와 바지 매무새가 괜찮은가 보기 위해서였다.

"이제 가자, 제제."

또또까 형과 나는 가방을 가로질러 멨다. 가방에는 책과 공책과 연필뿐이었다. 간식은 없었다. 간식 같은 것은 다른 애들을 위해 있는 것이었다.

글로리아 누나가 내 가방 밑동을 만져 보았다. 구슬이 만져지자 살며시 웃었다. 우리들 손에는 신발이 들려 있었는데 그건 학교 가까이에 있는 시장에 가서야 신을 수 있었다.

거리에 나오기가 무섭게 또또까 형은 천천히 걷는 나를 내버리고 달아나 버렸다. 보통은 악마가 먼저 나를 충돌질하고 그러면 내가 야단을 쳤다. 나는 그런 편이 더 좋았다. 하지만 이번에는 내가 먼저 마음속에서 잠자고 있는 장난꾸러기 악마를 깨웠다. 히우--쌍빠울루 고속도로가 나를 유혹했다. 바로 '박쥐' 때문이었다. 그것은 영락없는 '박쥐'였다. 달리는 자동차 뒤꽁무니에 매달려 시원한 바람을 맞을 수 있는 박쥐였다. 세상에서 가장 신나는 일이었다. 아이들이면 누구나 해 보고 싶은 장난이었다. 내게 그 장난을 가르쳐 준 것은 또또까 형이었다. 형은 뒤에 오는 차에 치일지도 모르니 있는 힘을 다해꽉 잡아야 한다고 천 번도 넘게 주의를 주었다. 시간이 지남에 따라 두려움은 줄어들고 모험심은 커져서 점점 더 어려운 박쥐에 매달리고 싶어 졌다. 난 이 모험에 홀딱 빠져 라디스라우씨의 차에까지 매달려 보았다. 아직 매달려 보지 못한 차는 미끈한 포르투갈 사람의 차뿐이었다. 멋지게 손질된 차가 나의 도전을 기다리고 있었다. 네 바퀴는 늘 새것 같았고 금속 부품들은 반짝반짝 윤이 나 얼굴이 비칠 정도였다. 경적 소리도 아주 재미있었다. 마치 들판에 있는 소의 목쉰 울음소리 같았다. 하지만 그렇게 멋진 차의 주인은 세상에서 가장 흉하게 얼굴을 찌푸리고 다니는 사람이었다. 그래서 아무도 그의 차에 매달릴 엄두를 못 내고 있었다. 들리는 말에 따르면 그는 사람들을 때려 죽이고, 죽이기 전에는 거세하겠다는 위협을 한다고 했다. 우리 학교 아이들 중에 그 차를 넘보는 애는 아무도 없었다. 아니, 지금까지는 아무도 없었다고 말하는 것이 좋겠다.

내가 이 이야기를 하자 밍기뉴가 말했다.

"제제, 정말 아무도 못해 봤니?"

"정말 아무도 못했어. 아무도 그럴 용기를 못 내."

나는 밍기뉴가 내 계획을 눈치채고 웃고 있는 걸 보았다.

"그런데 넌 박쥐에 미쳐 있잖아?"

"미쳐 있긴 미쳐 있어. 아무래도……."

"아무래도 뭐?"

이번엔 내가 웃었다.

"빨리 말해."

"네 호기심도 못 말려."

"넌 늘 내게 다 털어놓잖아. 결국엔 항상 다 얘기하면서. 너
도 말 안 하고는 못 배길걸."

"있잖아, 밍기뉴. 나는 일곱 시에 집에서 나가잖아, 그렇
지? 모퉁이에 닿으면 일곱 시 오 분이야. 그런데 포르투갈 사
람은 담배를 사려고 일곱 시 십 분에 '재난과 기아' 상점 모퉁
이에 차를 세우거든. 며칠 내로 용기를 내서 그 차에 매달리려
고 궁리 중이야."

"넌 그럴 용기가 없어."

"밍기뉴! 내가 용기가 없다고? 두고 봐."

내 가슴은 쿵쿵 뛰고 있었다. 차가 멈추고 그 사람이 내렸

다. 밍기뉴의 도전적인 말이 내 두려움과 용기를 뒤죽박죽 섞어 놓았다. 별로 마음이 내키지 않았지만 자존심이 내 발걸음을 재촉했다. 난 상점을 돌아 벽 모퉁이에 몸을 반쯤 숨겼다. 책가방에다 운동화를 집어넣었다. 심장이 어찌나 세게 뛰던지 상점 안의 사람들이 들을까 봐 걱정이 될 정도였다. 그는 나를 보지 못하고 나왔다. 차 문 열리는 소리가 들렸다.

"지금 못하면 영영 못하는 거야, 밍기뉴!"

나는 후다닥 달려 나가 있는 힘을 다해 바퀴에 매달렸다. 두려움이 내게 더 큰 힘을 주었다. 학교까지는 거리가 꽤 멀었지만 친구들에게 승리의 순간을 보여 줄 생각으로 벌써부터 마음이 들떴다.

"야—호!"

내 소리가 얼마나 크고 날카로웠는지 누가 차에 치었는가 보려고 상점 안에 있던 사람들이 서둘러 문을 열고 나왔다.

내 몸이 땅에서 오십 센티미터쯤 위에 매달려 대롱거렸다. 귀는 숯불처럼 달아올랐다. 내 계획에 뭔가 잘못이 있었다. 너무 서두르는 바람에 차에 시동이 걸려 있는지를 확인하지 못한 것이었다.

포르투갈인의 우거지상은 더 험악해졌고 눈에는 불똥이

튀었다.

"이런 간 큰 녀석 같으니라고. 네 놈이었군. 콩알만 한 녀석이 겁도 없이!"

그는 나를 바닥에 내려놓았다. 그는 한쪽 귀를 잡았던 손을 놓고 주먹을 얼굴에 들이밀며 위협했다.

"요놈, 네놈이 매일 내 차를 노리고 있었다는 걸 내가 모른 줄 알아? 오늘 단단히 혼을 내줘야겠다. 다시는 그런 짓 할 맘이 안 나도록."

아픔보다는 창피를 당하는 것이 더 견디기 힘들었다. 이 야만인에게 욕을 잔뜩 퍼붓고 싶었다. 그러나 그는 나를 놓아주지 않았다. 내 생각을 알아챈 듯 다른 한 손으로 나를 위협했다.

"입이 있으면 말해 봐. 욕을 해 보라고. 왜 아무 말도 못하지?"

고통과 수치와 이 광경을 고소하다는 듯이 바라보며 웃고 있는 사람들 때문에 눈물이 마구 솟았다.

포르투갈 사람이 계속 나를 놀렸다.

"아니, 꼬마 녀석아, 왜 욕도 못하지?"

머리 끝까지 분통이 치밀어 올라 잔뜩 화난 목소리로 대꾸했다.

"지금은 말 못해요. 하지만 생각 중이에요……. 이다음에 커서 아저씨를 죽이겠어요."

그가 웃음을 터트렸고 주위 사람들도 따라 웃었다.

"그래, 어디 커 봐라, 꼬마 녀석아. 여기서 기다리고 있을 테니까. 하지만, 그 전에 한 가지 네게 줄 것이 있다."

그는 내 귀를 놓더니 순식간에 나를 자신의 넓적다리 위에 엎어 놓았다. 그리고 내 엉덩이를 한 대 때렸다. 딱 한 대! 그런데 어찌나 세게 때렸는지 나는 엉덩이가 창자에 붙어 버리는 줄만 알았다. 그제서야 그는 나를 풀어 주었다.

나는 멍한 상태에서 낄낄대며 웃는 사람들 틈을 빠져나왔다. 히우-쌍빠울루 고속도로에서는 좌우에서 오는 차를 살필 생각도 않고 길을 건넜다. 얼얼함을 줄여 보려고 손으로 엉덩이를 문질렀다. 망할 놈의 자식! 두고 보자. 꼭 복수하고 말 거야! 반드시. 그렇고말고. 조롱하던 사람들로부터 멀어질수록 아픔도 사라져 갔다. 학교 친구들이 알게 되면 어쩌지? 그리고 밍기뉴에겐 뭐라고 말하지? 적어도 일주일 동안은 '재난과 기아' 상점 앞을 지날 때마다 어른들이 나를 비웃겠지? 어린 나에게 저지른 비겁한 행동을 생각하면서 말이야. 좀 더 일찍 나서서 다른 길을 통해 고속도로를 건너야 할 것 같았다.

나는 풀 죽은 모습으로 시장 근처에 이르렀다. 수돗가에서 발을 씻고 운동화를 신었다. 또또까 형이 애타게 나를 기다리고 있었다. 조금 전에 있었던 실패담에 대해서는 입도 뻥끗 말아야지.

"제제, 나 좀 도와줘."

"무슨 일인데?"

"너, 비에 알지?"

"까빠네마의 '황소' 말이야?"

"그래, 그 녀석. 녀석이 학교 끝나면 날 패려고 벼르고 있어. 내 대신 네가 싸워 주지 않을래?"

"하지만 날 죽여 놓을 텐데."

"그렇지 않아. 넌 싸움도 잘하고 용감하잖아."

"좋아. 학교 끝나고?"

"응, 끝나고."

또또까 형은 늘 이런 식이었다. 싸움을 벌여 놓고는 언제나 나를 끌어들였다. 그러나 마침 잘된 일이었다. 나는 포르투갈 사람에 대한 울분을 비에 녀석에게라도 풀고 싶었다.

그날 나는 너무 많이 얻어 맞았다. 눈은 멍이 들고 팔은 부어 올랐다. 또또까 형은 무릎 위에 내 책과 자신의 책을 얹어 놓고 다른 애들과 함께 땅바닥에 앉아 나를 응원했다. 그들은 내게 코치까지 해 주었다.

"제제, 녀석의 배에 박치기를 해. 녀석은 비겟살뿐이니까 물어 뜯고 할퀴어 버려."

그러나 아무리 응원단과 코치가 많다 해도 빵집 주인 로젬베르그 아저씨가 아니었다면 난 산산조각이 났을 것이다. 그는 계산대를 박차고 나와 비에의 멱살을 잡고 심벌즈를 두드리듯 비에의 양쪽 뺨을 때렸다.

"창피하지도 않아? 다 큰 녀석이 저렇게 작은 애를 때리다니!"

우리 집 식구들 말로는 로젬베르그 씨가 랄라 누나를 짝사랑하고 있다고 한다. 그는 우리를 잘 알았고, 랄라 누나가 우리와 함께 있을 때는 번쩍이는 금니가 보이도록 함박웃음을 지으며 우리에게 케이크나 사탕을 주곤 했다.

***

나는 참지 못하고 밍기뉴에게 실패담을 털어놓았다. 시퍼렇게 멍든 눈과 누렇게 부은 얼굴로는 도저히 숨길 수가 없었다. 아버지는 내 꼴을 보고 내게는 알밤을 한 대 먹이고 또또까 형에게는 일장 연설을 했다. 아버지는 절대로 형을 때리는 법이 없었다. 하지만 나는 못된 짓만 골라서 하는 아이였기 때문에 매를 맞았다.

밍기뉴는 내가 하는 모든 이야기를 귀담아 들어주었다. 그러니 어떻게 이야기하지 않을 수 있단 말인가? 그는 내 이야기를 듣고 속이 상했는지 내가 이야기를 끝내자 화난 목소리로 겨우 한마디 내뱉었다.

"비겁한 녀석들!"

"싸움은 별거 아니었어. 만일 네가 보았더라면……."

나는 '박쥐' 사건도 하나도 빠짐없이 자세히 이야기해 주었다. 밍기뉴는 내 용기에 감동했는지 맞장구를 쳐 주었다.

"넌 꼭 복수할 거야."

"물론이야. 꼭 복수할 거야. 톰 믹스*한테 권총을 빌리고, 프레드 톰슨한테 망아지 '달빛'을 빌리고, 코만치족이랑은 같이 함정을 만들 거야. 언젠가 꼭 그 사람 머리를 장대에 매달고 돌아올 거야."

———

• 제제가 계속 언급하는 톰 믹스, 프레드 톰슨, 벅 존스, 리처드 탈매지 등은 모두 서부영화 주인공을 연기한 영화배우들이다.

얼마 못 가 흥분은 가라앉았고 우리는 다른 이야기를 했다.

"슈르르까, 너 모르지? 지난주에 내가 최우수 학생으로 뽑혀서 '요술 장미'란 동화책을 상으로 받았어."

밍기뉴는 내가 슈르르까라고 불러 주면 늘 좋아했다. 그럴 때는 내가 밍기뉴를 다른 때보다 더 사랑하고 있다는 것을 그도 알고 있었다.

"기억 나."

"그 책을 읽었다는 얘기는 내가 안 했지? 그건 요정한테 붉고 흰 장미 한 송이를 받은 왕자 얘기야. 그런데 이 운 좋은 왕자는 황금으로 만든 마구를 얹은 멋진 말을 타고 다녀. 책에 그렇게 나와. 그 왕자는 황금으로 장식한 말을 타고 모험을 하는 거야. 그리고 위험에 처하면 요술 장미를 흔들어. 그러면 장미는 왕자가 도망갈 수 있도록 연기를 만들어 줘. 밍기뉴, 솔직히 말해서 난 이 얘기가 약간 바보 같다고 생각해. 안 그러니? 난 그 따위 모험은 하고 싶지 않아. 난 톰 믹스랑 벅 존스 아니면 프레드 톰슨이나 리처드 탈매지 같은 카우보이들의 모험이 좋아. 그 사람들은 신나게 총도 쏘고 치고 받고 싸우잖아. 만약 그 사람들이 누군가 위험에 처했다고 요술 장미를 흔든다면 얼마나 시시할까. 그렇지 않아?"

"시시할 것 같아."

"그런데 정말 궁금한 건 그게 아냐. 한 송이 장미에 진짜 그런 마법의 힘이 있는지 그게 궁금하단 말야."

"진짜 좀 이상하다."

"사람들은 이야기를 지어내면서, 애들이 뭐든지 다 믿는다고 생각하나 봐."

"그런 것 같아."

바스락거리는 소리가 나더니 루이스가 다가왔다. 동생은 점점 더 예뻐졌다. 울보도 싸움쟁이도 아니었다. 어쩔 수 없이 루이스를 돌보게 되었지만 나는 늘 기쁜 마음으로 그와 놀아주었다.

나는 밍기뉴에게 속삭였다.

"다른 얘기 하자. 내가 그 이야길 해 주면 동생은 분명 재미있어할 거야. 어린이들에게서 환상을 빼앗아선 안 돼."

"제제 형, 같이 놀자."

"나는 지금 놀고 있는데. 뭐 하고 놀까?"

"동물원에 가고 싶어."

나는 맥이 빠져서 검은 암탉 한 마리와 흰 암탉 두 마리가 있는 닭장을 쳐다보았다.

"너무 늦었어. 사자들은 벌써 자러 갔고, 벵골 호랑이도 마찬가지야. 이 시간엔 다 문을 닫아. 입장권도 안 팔걸."

"그럼, 유럽 여행해."

이 녀석은 모든 걸 다 알아. 한 번 듣고는 죄다 기억한단 말이야. 솔직히 난 유럽 여행을 하고 싶지 않았다. 밍기뉴 곁에 계속 있고 싶었다. 밍기뉴는 나를 놀리지도 않았고 눈이 부었다고 나를 얕보지도 않았다.

나는 동생 곁에 앉으며 조용히 말했다.

"잠깐 기다려 봐. 내가 뭐 하고 놀지 한번 생각해 볼게."

바로 그때 천진스런 요정 하나가 하얀 구름 속으로 날아가 개울가의 나뭇잎과 잡초와 슈르르까의 가지를 흔들었다. 상처투성이 내 얼굴에 환한 미소가 저절로 떠올랐다.

"네가 그랬니, 밍기뉴?"

"난 아냐."

"야, 신난다! 그렇다면 바람의 계절이 오는 거야!"

우리의 거리엔 여러 종류의 계절이 있었다. 구슬치기의 계절, 팽이치기의 계절, 그림 딱지를 모으는 계절. 그중에서도 가장 멋진 건 연날리기의 계절이었다. 그때는 하늘이 온통 형형색색의 연으로 가득 찬다. 온갖 치장을 한 멋진 연들로 말이다.

그리고 하늘에서는 머리치기, 쪼기, 휘어 감기, 줄 끊기 같은 공중전이 벌어진다.

칼로 줄을 끊으면 연은 꽁무니에 균형을 잃고 머릿줄을 풀어헤친 채 빙빙 원을 그리며 떨어진다. 그 모든 것이 정말 멋졌다. 거리는 아이들로 가득 찼다. 아이들 세상이었다. 방구시의 모든 거리가 마찬가지였다. 그 계절이 지나면 전깃줄에는 연들이 즐비했고 라이트 전기회사의 트럭이 그것을 떼러 왔다. 어른들은 짜증을 내며 전깃줄에 걸린 죽은 연들을 걷어 갔다. 바람이 분다. 바람이…….

바람이 불자 좋은 생각이 떠올랐다.

"루이스, 사냥 놀이 할래?"

"난 말 못 타는데."

"곧 클 거야. 그러면 탈 수 있어. 거기 가만히 앉아 있어. 그리고 내가 어떻게 타는지 잘 봐."

그러자 밍기뉴는 이 세상에서 가장 아름다운 말로 변했다. 바람이 점점 세졌다. 개울가의 초라한 잡초밭이 거대한 초록 대평원으로 변했다. 내 카우보이 옷은 금으로 장식되어 있었고 가슴에는 보안관 배지가 번쩍였다.

"말아! 달려라 달려! 이랴, 이랴…….."

따각, 따각, 따각. 톰 믹스와 프레드 톰슨은 이미 와 있었다. 벅 존스는 올 수가 없었고 리처드 탈매지는 다른 영화를 찍고 있었다.

"가자! 가자! 이랴, 달려라, 달려! 저기 아파치족들이 먼지를 일으키며 달려오고 있구나!"

따각, 따각, 따각. 인디언 기마대가 요란한 소리를 내며 달려왔다.

"달려라, 달려! 평원이 물소와 들소로 가득 차 있다. 이봐, 총을 쏘라구. 철컥, 철컥, 철컥. 탕, 탕, 탕. 피웅, 피웅, 피웅. 화살이 바람을 가르는 휘파람 소리를 내는구나."

바람, 말, 질주, 구름 먼지. 그 속에서 루이스가 거의 악을 쓰고 있었다.

"제제 형! 제제 형!"

나는 천천히 말을 멈추고 숨을 몰아쉬며 뛰어내렸다.

"무슨 일이야? 어떤 물소가 네 쪽으로 왔어?"

"아니. 다른 거 하고 놀자. 인디언이 너무 많아서 무서워."

"이 인디언들은 아파치족이야. 우리 친구란 말이야."

"그래도 무서워. 너무 많아."

2. 정복

나는 포르투갈 사람이 담배를 사려고 차를 세웠을 때 혹시 마
주칠까 두려워 처음 며칠 동안은 좀 더 일찍 집을 나섰다. 그리
고 길 반대편 집들 앞에 늘어선 파두나무 울타리에 몸을 숨기
고 걸었다. 그것도 모자라 히우--쌍빠울루 고속도로를 건너고
나서도 운동화를 계속 손에 든 채 공장의 커다란 담벼락에 붙
다시피 해서 걸었다. 그러나 시간이 지남에 따라 이렇게 조심
스럽게 행동할 필요가 없어졌다. 거리의 기억은 순간적인 것

일 뿐이어서 빠울루네 아들의 장난을 기억하는 사람은 그리 많지 않았다. 그 순간에만 '빠울루네 아들이에요, 빠울루네 망나니 같은 아들 녀석이네요, 빠울루네 집의 바로 그 말썽꾸러기 아들입니다'라고 떠들어 댔다. 한번은 이런 말도 안 되는 소리도 지어냈다. 방구시 축구팀이 안다라이 팀에게 완패했을 때 '방구시 축구팀이 빠울루네 아들보다 더 많이 얻어맞았다'라며 내게 빗대어 말한 것이었다.

때로는 길 한쪽에 주차된 그 망할 놈의 차 옆을 지나가야 할 적도 있었다. 그럴 때면 내가 커서 꼭 죽이기로 결심한 포르투갈 사람과 마주치지 않기 위해서 그리고 방구시, 아니 세계에서 가장 멋진 차 주인의 우거지상과 마주치지 않기 위해서 걸음을 멈추어야 했다.

그가 며칠씩 보이지 않을 때도 있었다. 얼마나 다행인지 몰랐다. 아마 멀리 여행을 떠났거나 휴가를 보내고 있는 것이 분명했다. 그럴 때는 학교까지 편안한 마음으로 걸어갈 수 있었다. 그러나 그를 꼭 죽여야 하는지에 대해선 확신이 서지 않았다. 한 가지 확실한 것이 있다면 평범한 차에는 많이 매달려 봤어도 그의 차에 매달렸을 때만큼 그렇게 짜릿한 흥분과 귀가 타오르는 듯한 아픔을 느껴 본 적은 없다는 사실이었다.

모든 일이 순조롭게 지나갔다. 연을 날리는 계절이 왔다. 거리는 누구에게나 개방되어 있었다. 푸른 하늘은 낮에도 아름다운 색색의 별들로 빛났다. 바람의 계절에는 밍기뉴도 뒷전이었다. 식구들이 나를 몹시 때리고 벌을 주느라고 가둬 두는 때나 겨우 찾아가는 정도였다. 한 차례 맞고 나서 또 맞게 되면 어찌나 아픈지 도망갈 엄두도 내지 못했다. 그런 때는 나의 왕 루이스와 함께 라임오렌지나무를 꾸며 주었고 마구(난 이 단어가 정말 좋다)도 얹어 주었다. 밍기뉴는 힘껏 가지를 뻗으며 자라나 얼마 안 있으면 나를 위해 꽃을 피우고 열매를 맺어 줄 수 있을 것 같았다. 다른 오렌지나무들은 아주 느릿느릿 자랐지만 나의 라임오렌지나무는 에드문두 아저씨가 나를 두고 말했듯이 조숙했다. 후에 에드문두 아저씨는 조숙이란 어떤 일들이 정상적인 시기보다 먼저 일어나는 것이라고 말했다. 하지만 내 생각에는 아저씨가 이 말의 의미를 정확히 설명하지 못한 것 같다. 그것은 단지 앞서 일어나는 모든 것을 두고 하는 말이었다.

아무튼 나는 쓰다 남은 끈과 실을 가져다가 병마개를 여러 개 꿰어 밍기뉴의 몸에 달아 주었다. 밍기뉴가 얼마나 아름다웠는지 직접 보지 않고서는 상상하기 힘들 정도였다. 바람이 불어 병마개들이 서로의 몸을 부딪치면 밍기뉴는 마치 망아지 '달빛'에 올라 은빛 박차를 차고 달리는 프레드 톰슨처럼 보였다.

학교 생활도 재미있었다. 나는 모든 국가를 다 외웠다. 가장 긴 국가와 〈국기에 대한 노래〉와 〈자유의 노래〉 같은 것들을 모두 말이다. '자유여, 우리 위에 날개를 펴라.' 내 생각에는 톰 믹스도 나처럼 이 노래를 좋아하는 것 같았다. 우리가 전쟁이나 사냥을 잠시 잊고 한가로이 말을 탈 때면 그는 내게 정중히 요청을 하곤 했다.

"어이, 삐나제족 투사. 자유의 노래를 좀 불러 보시오."

그러면 가냘픈 나의 목소리는 거대한 평원을 가득 채웠다. 그때의 목소리는 아리오발두 아저씨 조수로 일하는 화요일보다 훨씬 아름다웠다.

나는 화요일마다 기차를 타고 오는 내 친구 아리오발두 아저씨를 기다리기 위해 수업을 빼먹곤 했다. 그는 악보가 가득 든 자루 두 개를 어깨에 메고, 거리에서 바로 팔 악보는 손에 들고서 역 계단을 내려왔다. 우리는 언제나 그 악보들을 거의 다 팔 수 있었고, 그 사실은 우리를 매우 기쁘게 했다.

학교에서는 쉬는 시간만 되면 구슬치기를 했다. 나는 구슬

도둑이라 불릴 정도였다. 백발백중이어서 거의 날마다 학교에 가져갔던 것의 세 배가 넘는 구슬이 든 가방을 흔들며 돌아왔다.

나는 쎄실리아 빠임 선생님에게서 감동을 받았다. 선생님은 내가 동네에서 가장 못된 애라고 아무리 말해도 믿지 않았다. 나보다 욕을 더 잘하는 아이도 없고 나만큼 장난이 심한 아이도 없다는 사실을 믿지 않았던 것이다. 나는 학교에서만은 천사였다. 한 번도 꾸지람을 들은 적이 없었다. 게다가 지금까지 나보다 더 조그만 애가 없었기 때문에 나는 모든 여자 선생님들의 귀여움을 독차지했다. 그리고 빠임 선생님은 우리 집이 가난하다는 것을 알고 안쓰러운 마음에 간식 시간만 되면 빵을 사 먹으라며 돈을 쥐어 주었다. 나는 이토록 다정하게 대해 주는 선생님을 실망시키지 않으려고 착하게 굴었다.

그런데 갑자기 이상한 일이 생겼다. 내가 평소대로 히우-쌍빠울루 고속도로를 지나고 있을 때였다. 포르투갈 사람 차가 내 곁을 천천히 지나가는 것이었다. 그 괴물은 경적을 세 번 울리더니 나를 쳐다보며 씩 웃었다. 다시 약이 올라 어른이 되면 그를 꼭 죽여야겠다는 마음도 되살아났다. 나는 자존심이 상하여 얼굴을 찌푸리고는 못 본 척하며 지나쳤다.

166

***

"밍기뉴, 내가 말했지. 거의 매일같이 그런다니까. 날마다 나를 기다리다가 경적을 울리는 거야. 경적은 딱 세 번 울려. 어제는 아예 작별인사까지 하더라고."

"넌 어떡했는데?"

"모르는 척했지. 전혀 못 본 척해. 그 사람도 아마 겁이 날 거야. 너도 알겠지만 난 곧 여섯 살이 될 거고 이제 조금만 있으면 어른이 되잖아."

"그 사람이 네가 무서워서 네 친구가 되려고 하는 것 같니?"

"확실해. 잠깐만. 상자 가져올게."

밍기뉴는 꽤 많이 자랐다. 이제는 가지 위로 오르기 위해서 밑에 상자를 받쳐야 할 정도가 되었다.

"됐어. 계속하자."

나무 꼭대기에 오르면 내가 세상보다 더 크다는 느낌이 들었다. 그곳에 오르면 주위의 경치와 개울가 풀숲과 먹이를 찾아온 검은 새나 목에 흰 줄무늬가 두 개 있는 방울새들을 볼 수 있었다. 초저녁엔 다른 루씨아누가 찾아와 알폰수스 들판의 비행기처럼 내 주위를 빙빙 돌았다. 처음엔 밍기뉴도 대부분의 아이들과는 다르게 내가 박쥐를 전혀 무서워하지 않는다는 사실에 적잖이 놀랐다. 루씨아누가 나타나지 않은 지도 꽤 되었다. 어디 다른 들판에 정착한 것이 틀림없었다.

"있잖아, 밍기뉴, 에우제니아 아줌마네 구아버 열매가 노래지기 시작했어. 물이 괜찮게 올랐을 거야. 그 아줌마한테 들키지 않는 게 문제지. 밍기뉴, 오늘 벌써 세 차례나 맞았거든. 알지? 내가 여기 왔다는 건 내가 벌을 받고 있다는 뜻이야."

그러나 악마는 결국 나를 밍기뉴에게서 내려와 파두나무 울타리로 가도록 만들었다. 오후의 산들바람은 구아버 향기를 내 코로 실어 날랐다. 아니 향기가 나는 듯한 착각이 들게 했다. '여기서 살펴봐. 저기 저 닭장을 치워. 아무 소리도 안 나잖아.' 악마가 계속해서 속삭였다.

"바보야, 뛰어가. 아무도 없어. 아줌마는 이 시간이면 일본 여자네 가게에 채소 사러 간단 말이야. 베네딕뚜 아저씨? 무슨 소리야? 그 아저씨는 눈도 나쁘고 잘 듣지도 못해. 아저씨가 눈치채더라도 충분히 도망칠 수 있어."

나는 울타리를 끼고 개울가로 갔다. 그리고 마음을 정했다. 그 전에 밍기뉴에게 소리를 내지 말라는 신호를 주었다. 내 심장은 이미 방망이질 치고 있었다. 에우제니아 아줌마는 장난이 아니었다. 하느님도 못 말릴 정도의 수다쟁이였던 것이다. 내가 한발 한발 다가가고 있을 때 그녀의 커다란 목소리가 부엌 창문에서 들렸다.

"무슨 짓이냐?"

난 공을 주우러 왔다든가 하는 거짓말로 둘러댈 생각은 하지 못하고 꽁무니가 빠져라 달려서 펄쩍 개울가로 뛰어들었다. 그러나 그곳에는 또 다른 무엇이 나를 기다리고 있었다. 얼마나 아팠던지 비명이 절로 나올 정도였다. 그러나 그랬다가는 매를 두 번이나 더 맞을 형편이었다. 벌을 받다가 도망쳤기 때문에 한 번, 그리고 남의 구아버 열매를 훔치려다가 왼발에 유리 조각이 박힌 것 때문에 한 번 해서 두 번을 맞게 될 것이 뻔했다. 그래서 있는 힘을 다해 꾹 참았다.

너무 아파 아득해진 정신으로 유리 조각을 빼냈다. 낮은 신음소리를 토하며 피가 더러운 개울물과 섞이는 것을 보았다. 어떡하지? 눈에 눈물이 가득 고였지만 나머지 유리 조각도 빼냈다. 하지만 피를 어떻게 멈추어야 하는지는 알 수가 없었다. 단지 아픔을 줄이기 위해 발뒤꿈치를 꽉 잡았다. 무조건 참아야 했다. 이미 저녁이 다 되어 엄마, 아빠 그리고 랄라 누나도 곧 돌아올 참이었다. 그들 중 누군가가 나를 발견한다면 회초리 찜질이 시작될 참이었다. 어쩌면 세 사람이 번갈아 가며 회초리를 들지도 몰랐다. 나는 정신이 멍했지만 울타리 너머 라임오렌지나무 밑까지 깡충발로 가 앉았다. 아직 아픔은 전혀 가시지 않았지만 토하고 싶은 기분은 가라앉아 있었다.

"망 좀 봐줘, 밍기뉴."

밍기뉴는 잔뜩 겁먹은 표정이었다. 나만큼 피를 보는 것을 싫어했다.

"맙소사! 어떡하지?"

또또까 형이라면 나를 도와줄 수 있을 텐데 도대체 지금 어디 가 있는 거야? 글로리아 누나도 있었다. 글로리아 누나는 부엌에 있을 것 같았다. 나를 때리는 걸 그리 좋아하지 않는 유일한 사람이었다. 어쩌면 내 귀를 잡아당기거나 다시 벌을 세울 수도 있지만 그런 것을 따질 처지가 아니었다.

나는 글로리아 누나의 마음을 녹일 방법을 생각하며 부엌까지 절름거리며 걸어갔다. 누나는 헝겊에 수를 놓고 있었다. 나는 어깨를 축 늘어뜨리고 앉았다. 그러자 이번에는 하느님이 도와주셨다. 누나는 고개를 숙이고 앉은 나를 바라보았다. 내가 벌을 받고 있다는 것을 알고는 아무 말도 걸지 않았다. 나는 눈물을 가득 머금고 흐느꼈다. 그리고 나를 바라보는 누나를 쳐다보았다. 누나는 수틀에서 손을 떼었다.

"왜 그래, 제제?"

"아무것도 아냐, 고도이아 누나……. 왜 날 좋아하는 사람은 아무도 없지?"

"네가 너무 장난꾸러기라서 그렇지."

"오늘은 벌써 세 차례나 맞았단 말이야, 누나."

"그래서 안 맞아도 될 걸 맞았단 말이야?"

"아니. 그래도 날 좋아하는 사람은 아무도 없어. 아무 일도 아닌 일에도 덮어놓고 때리기부터 한단 말이야."

열다섯 살 글로리아 누나의 마음이 동요하기 시작했다. 그걸 눈치챌 수 있었다.

"차라리 히우–쌍빠울루 고속도로에서 차에 치어 몸이 산산조각 나버리는 게 나을지도 몰라."

나는 눈물을 펑펑 쏟기 시작했다.

"바보 같은 소리 그만해, 제제. 난 널 무척 좋아해."

"거짓말하지 마. 좋아한다면서 어떻게 오늘 사람들이 또 날 때리도록 내버려 둘 수가 있어?"

"이제 어두워서 장난도 더 칠 수 없고, 그러면 매 맞을 일도 없잖아?"

"하지만 벌써 일을 저질렀는데……."

누나는 수틀을 놓고 내게 다가왔다. 그리곤 피에 흠뻑 젖어 있는 내 발을 보고 비명을 질렀다.

"맙소사! 아가, 어디서 그랬어?"

시작부터 승리한 거나 다름 없었다. 누나가 내게 '아가'라고 할 때는 내가 안전하다는 징조였다. 누나는 나를 안아 의자에 앉혔다. 그리고 재빨리 소금물이 든 대야를 가져다가 내 발치에 놓고 무릎을 꿇었다.

"많이 아플 거야, 제제."

"지금도 엄청 아파."

"세상에! 손가락 세 개 정도는 베었어. 어쩌다 이런 거야, 제제?"

"아무한테도 얘기하지 마. 알았지, 누나? 착한 사람이 되겠다고 약속할게. 매 맞지 않게 해 줘."

"알았어, 얘기 안 할게. 근데 어떡하지? 발을 헝겊으로 싸매면 식구들이 알아차릴 텐데. 그리고 내일 아침엔 학교도 못 갈 거야. 그러면 다 들통나잖아."

"학교엔 갈 거야. 정말이야. 저 모퉁이까지 신발 신고 가면 그다음엔 쉬울 거야."

"그럼 들어가서 자. 발을 쭉 뻗고 있어. 안 그러면 아파서 내일 걷지도 못해."

누나는 절뚝거리는 나를 침대까지 데려다주었다.

"다른 사람들이 오기 전에 먹을 걸 갖다 줄게."

누나가 음식을 가져왔을 때 나는 누나에게 뽀뽀를 해 주지 않을 수 없었다. 이건 내게 아주 드문 일이었다.

***

저녁 먹을 시간이 되어 엄마는 내가 보이지 않는다는 것을 알아챘다.

"제제는 어디 갔니?"

"자고 있어요. 아까부터 머리가 아프다고 그러던데요."

나는 상처가 후끈거리는 것도 잊은 채 오가는 이야기를 듣고 있었다. 나는 사람들이 내 이야기를 할 때가 좋았다. 글로리아 누나는 나를 감싸기로 작정한 것 같았다. 누나는 불평, 불만을 한바탕 쏟아냈다.

"모두들 그 애를 너무 때려요. 오늘 아주 풀이 죽어 있더라고요. 세 차례나 매를 대다니 너무 심하잖아요."

173

"하지만 녀석은 완전히 구제불능이야. 매를 맞아야 정신을 차린다고."

"너는 한 번도 때린 적 없어?"

"웬만해선 안 때리려고 해요. 정말 몹쓸 짓을 하면 귀를 잡아당기는 정도예요."

모두들 잠잠해졌다. 글로리아 누나는 계속 내 편을 들었다.

"아무튼 그 앤 아직 여섯 살도 안 됐잖아요. 장난이 좀 심하긴 해도 아직은 어린애라고요."

누나의 그런 말을 들으니 기분이 아주 좋아졌다.

***

글로리아 누나는 내게 옷을 입혀 주고 운동화를 신겨 주면서 안쓰러운 표정을 감추지 못했다.

"갈 수 있겠어?"

"견딜 만해."

"히우-쌍빠울루 고속도로에서 바보 같은 짓 하면 안 된다."

"안 할게."

"어제 말한 건 진심 아니지?"

"거짓말이야. 근데 아무도 날 좋아하지 않는다고 생각하니까 좀 속이 상해."

누나는 내 더벅머리 금발을 쓰다듬으며 나를 보내 주었다.

난 거리에 나갈 때까지만 참으면 될 거라고 생각했다. 신발을 벗으면 아픔이 가실 것 같았다. 그러나 발이 직접 땅에 닿으니 공장 벽에 기대어 천천히 가지 않으면 안 될 정도였다. 이렇게 해선 도저히 학교에 도착하지 못할 것 같았다.

그때 이상한 일이 벌어졌다. 자동차 경적이 세 번 울렸다. 재수없는 놈! 남은 아파 죽을 지경인데 그것도 모자라 약을 올리려 하다니…….

차는 내 곁에 바짝 멈춰 섰다. 그가 몸을 쑥 내밀고 물었다.

"꼬마야, 발을 다친 거냐?"

남이 간섭할 일이 아니라고 생각했다. 그래도 그가 '요 녀석'이라고 부르지 않아 아무 대꾸도 않고 몇 걸음을 더 걸었다.

그는 다시 시동을 걸어 차를 몰아 내 곁을 지났다. 차는 차선을 약간 벗어나 비스듬히 벽에 붙으며 내 길을 가로막았다. 그 사람이 문을 열고 내렸다. 그의 커다란 몸집에 기가 죽은 나는 한걸음 물러섰다.

"많이 아프니, 꼬마야?"

나를 때렸던 사람이 그렇게 다정하고 친근하게 말할 수 있다는 게 믿기지 않았다. 그는 더 가까이 다가와서 뚱뚱한 몸을 굽혀 내 얼굴을 들여다보았다. 아주 부드러운 미소를 짓고 있었다. 그 다정함이 내게 전염되는 것 같았다.

"보아하니 심하게 다친 모양이구나. 어쩌다 그랬니?"

나는 대답을 하려다가 약간 울먹이고 말았다.

"유리 조각이 박혔어요."

"깊이 박혔니?"

나는 손가락으로 그 깊이를 어림잡아 보였다.

"음, 그 정도면 꽤 중상인데. 왜 집에 가만히 있지 않고? 보아하니 학교에 가는 것 같은데, 안 그래?"

"집에선 아무도 다친 걸 몰라요. 만약에 누가 알게 되면 다시는 그런 일이 없도록 또 때리려고 할 거예요."

"이리 오너라. 내가 데려다줄 테니."

"고맙지만 싫어요."

"왜?"

"지난번 일을 학교 애들이 다 알아서요."

"하지만 그렇게 걸어갈 수는 없잖아?"

그의 말은 사실이었다. 자칫하면 자존심이 무너질 것 같아

나는 고개를 푹 숙였다. 그는 내 턱을 받쳐 들었다.

"지난 일은 잊도록 하자. 너 차를 타 본 적이 있니?"

"없어요."

"그러면 내가 태워 주마."

"탈 수 없어요. 우리는 원수잖아요"

"그런 것은 상관없다. 네가 정 창피하다면 학교에 조금 못
미쳐서 내려 주마. 어떠냐?"

나는 너무 감격한 나머지 대답도 할 수 없었다. 단지 고개
만 조금 끄덕였다. 그러자 그는 나를 안아 차 문을 열고 조심스
레 의자에 앉혔다. 그리고 자신은 운전석에 앉았다. 그는 시동
을 걸기 전에 나를 돌아보며 미소를 지어 보였다.

"이게 훨씬 낫지?"

부드럽게 굴러가다가 가끔 출렁이는 차의 움직임이 기분
좋았다. 거기에 몸을 맡기고 눈을 감으니 저절로 환상이 떠올
랐다. 프레드 톰슨의 망아지 '달빛'보다도 훨씬 부드럽고 좋았
다. 하지만 언제까지고 그러고 있을 수는 없었다. 눈을 떠 보니
학교에 거의 다 와 있었다. 아이들이 학교 정문으로 들어가고
있는 것이 보였다. 난 깜짝 놀라 의자 밑으로 미끄러져 내려와
몸을 숨겼다. 그리고 상기된 목소리로 외쳤다.

"학교 오기 전에 내려 준다고 그랬잖아요."

"생각을 바꿨다. 네 발을 그렇게 두어서는 안 되겠어. 파상풍에 걸릴지도 몰라."

난 이 근사하고 어려운 단어의 뜻이 무엇인지 묻고 싶었다. 안 가겠다고 떼를 써도 별 소용이 없을 것 같았다. 차가 까지냐 거리로 접어들자 나는 다시 제자리에 앉았다.

"넌 아주 용감한 사나이 같아 보이던데. 어디 정말 그런가 한번 보자."

그는 약방 앞에 차를 세우고 나를 안아 올렸다. 아다우뚜루쓰 박사가 우리를 맞았을 때 나는 간이 콩알만 해지는 것 같았다. 그는 공장의 의사였고 아빠를 알고 있었다. 그가 내 얼굴을 들여다보며 이렇게 물었을 때는 거의 기절할 정도였다.

"너 빠울루 바스콘셀로스네 아들 아니냐, 그렇지? 아빠는 일자리 구했니?"

아빠가 실업자라는 사실을 포르투갈 사람이 알게 되는 것이 부끄러웠지만 대답을 피할 수는 없었다.

"지금 구하고 있어요. 여러 군데 말씀해 놓았대요."

"자, 그럼 어디 한번 볼까?"

그는 상처에 감긴 헝겊을 풀더니 놀라서 '음' 하는 소리를 냈다. 나는 울음이 나와 입을 삐죽 내밀었다. 그러자 포르투갈 사람이 재빨리 다가와 나를 뒤에서 잡아 주었다.

박사와 포르투갈 사람이 하얀 시트가 깔린 진찰대 위에 나를 앉혔다. 박사가 수술 기구들을 잔뜩 들고 나타났다. 난 떨리기 시작했다. 그러나 포르투갈 사람이 가슴을 내 등에 대고서 두 손으로 내 어깨를 힘 있고 따뜻하게 감싸 주자 더 이상 떨리지 않았다.

"조금만 참아. 치료가 끝나면 음료수랑 케이크를 사 주마. 울지 않으면 영화 배우 사진이 박힌 사탕도 사 주마."

그 말에 있는 용기를 다 내었다. 눈물이 났지만 박사가 하는 대로 가만히 내버려 두었다. 박사가 상처를 꿰매고 파상풍 주사까지 놓았다. 토하고 싶었으나 그것마저도 참았다. 포르투갈 사람은 아픔을 조금이나마 나누려는 듯 나를 힘껏 껴안아 주었다. 그리고 땀에 흠뻑 젖은 내 얼굴과 머리를 자신의 손수건으로 닦아 주었다. 영원히 끝날 것 같지 않던 치료가 끝나가고 있었다.

나를 차로 데려가는 그의 얼굴에는 만족한 기색이 역력했다. 그는 내게 약속한 것을 모두 사 주었다. 그러나 나는 별 의욕이 없었다. 마치 발끝을 통해 내 정신이 모두 뽑힌 것 같았다.

"이래 가지곤 학교에 갈 수 없겠다, 꼬마야."

자동차 안에서 나는 운전에 방해가 될 정도로 그의 곁에 바싹 붙어 앉아 그의 팔을 쓰다듬었다.

"집 근처까지 데려다주마. 집에는 알아서 둘러대거라. 쉬는 시간에 다쳐서 선생님이 약방에 데려다주셨다고 하든지……."

나는 알았다는 듯 그를 쳐다보았다.

"넌 아주 용감한 사내야, 꼬마야."

난 아픈 가운데서도 웃어 보였다. 그리고 중요한 사실 하나를 발견했다. 이제 포르투갈 사람이 내게 가장 소중한 사람이 되었다는 것을.

3. 이런저런 이야기

"있잖아, 밍기뉴! 내가 다 알아냈어. 전부 다. 그 사람은 까빠네마 공작 거리 끝에 살아. 맨 끝에. 그리고 집 옆에 차를 세워 둬. 새장도 두 개씩이나 있어. 하나는 카나리아를 키우고, 다른 하나는 파랑새를 키워. 아침 일찍 갔었어. 우연히 찾은 것처럼 보이려고 구두닦이 통을 들고서. 너무 가 보고 싶어서 구두닦이 통이 무거운지도 몰랐다니까. 집을 자세히 살펴봤는데, 혼자 살기엔 조금 큰 집 같았어. 그 사람은 안쪽 세면대에서 면도를 하고 있었어."

내가 손뼉을 쳤어.

"구두 닦으세요!"

그가 비누를 잔뜩 묻힌 얼굴로 안쪽에서 나왔어. 반쪽만 면
도를 했더라. 그 사람이 웃으면서 이러는 거야.

"어, 너였구나. 들어와라, 꼬마야."

나는 그 사람을 따라 들어갔어.

"금방 끝날 테니 기다려라."

그렇게 말하고는 쓰윽, 쓰윽, 쓰윽 면도를 계속했어. 이다
음에 어른이 되면 나도 그렇게 쓰윽, 쓰윽, 쓰윽 멋진 소리를
내며 면도를 하게 수염이 많았으면 좋겠다고 생각했어. 구두
닦이 통에 앉아서 기다리는데 그 사람이 거울로 나를 쳐다보
며 물었어.

"학교는?"

"오늘은 국경일이잖아요. 그래서 돈 벌려고 구두닦이 나왔
어요."

"어, 그래!"

면도를 마치고는 세면대에 몸을 구부려 얼굴을 씻고 수건
으로 물기를 닦아냈어. 그러자 얼굴에 불그스레 윤이 나는 거

야. 그가 나를 보더니 다시 한 번 웃었어.

"아침 같이 먹을래?"

그러고 싶었지만 싫다고 했어.

"들어와."

밍기뉴, 정돈이 아주 잘 되어 있고 깨끗하더라. 식탁에는 빨간색 체크 무늬 식탁보가 덮여 있었어. 게다가 찻잔까지 있더라. 우리 집에 있는 것 같은 머그잔이 아니야. 그가 일하러 나가면 나이 든 흑인 아줌마가 와서 청소를 해준대.

"너도 나처럼 빵을 커피에 적셔서 먹어 봐. 하지만 삼킬 때 소리를 내서는 안 돼. 보기 흉하거든."

나는 여기까지 이야기하고 밍기뉴를 바라보았다. 그는 형겊 인형처럼 입을 꼭 다물고 있었다.

"왜 그래?"

"아냐, 듣고 있어."

"이봐, 밍기뉴. 난 말다툼하기 싫어. 불만이 있으면 빨리 말해 줘."

"넌 이제 포르투갈 사람하고 하는 놀이만 하는데 난 낄 수가 없잖아."

나는 잠시 생각에 잠겼다. 그건 사실이었다. 밍기뉴가 이 놀이를 함께할 수 없다는 생각을 못했던 것이다.

"내일모레 우리 벽 존스 보러 가자. 또우루 센따두족 추장한테 내가 연락할게. 벽 존스는 멀리 사바나에서 사냥하고 있을 거야. 밍기뉴, 사반아가 맞니, 사바나가 맞니? 영화에서 보니까 '나'라고 하는 것 같던데. 잘 모르겠다. 진지냐 할머니 집에 갈 때 에드문두 아저씨한테 물어봐야겠다."

잠깐 침묵이 흘렀다.

"아까 어디까지 얘기했지?"

"커피를 빵에 적시는 데까지."

나는 한바탕 웃었다.

"바보야, 빵에 커피를 적시는 게 아니라 커피에 빵을 적시는 거야."

그때 우리는 서로 아무 말없이 앉아 있었어. 그가 날 열심히 훑어보더라.

"내가 사는 데를 알아내려고 꽤 애를 썼겠구나?"

나는 어찌할 바를 몰랐어. 그래서 사실대로 이야기하기로 했어.

"제가 얘기해도 화내지 않을 거죠?"

"그래, 친구 사이에 비밀은 없으니까."

"구두 닦으러 나온 게 아니었어요."

"그건 짐작하고 있었다."

"여기에 정말 와 보고 싶었어요. 그런데 이 동네엔 먼지 때문에 구두를 닦으려고 하는 사람이 없어요. 히우-쌍빠울루 고속도로 근처에나 가야 구두 닦으려는 사람들이 좀 있어요."

"그 무거운 통을 메지 않고도 올 수 있잖아?"

"이 통을 메지 않으면 집에서 못 나와요. 고작 집 근처에서만 놀 수 있거든요. 그럴 때도 가끔 집에 들어가서 얼굴을 비춰야 돼요. 이해하시죠? 그래서 멀리 나가려면 돈 벌러 가는 척해야 돼요."

내가 논리적으로 말하니까 웃었어.

"우리 집 식구들은 내가 일하러 나간다고 해야 장난을 치지 않겠구나 하고 생각해요. 그게 훨씬 나아요. 매를 덜 맞거든요."

"난 네가 그렇게 말썽꾸러기라는 게 믿기지 않는데?"

그래서 내가 아주 진지하게 말했어.

"난 아주 쓸모없는 아이예요. 아주 나쁜 아이 말이에요. 크리스마스에도 내 속에 악마가 태어나는 바람에 아무 선물도 못 받았어요. 난 악질이에요. 개망나니인 데다가 불량배예요.

우리 누나 말로는 나같이 못된 아이는 태어나질 말았어야 했대요…….”

그랬더니 놀란 표정으로 머리를 긁적이더라.

“이번 주만 해도 매를 여러 번 맞았어요. 정말 아프게 맞을 때도 있어요. 내가 하지도 않았는데 얻어맞은 적도 있어요. 조금만 잘못되면 다 나 때문이래요. 우리 집 식구들은 습관처럼 날 때려요.”

“무슨 일을 그렇게 저질렀는데?”

“마음속에 정말 악마가 있나 봐요. 충동이 일면 참을 수가 없거든요. 이번 주엔 에우제니아 아줌마네 집 울타리에 불을 냈어요. 꼬르델리아 아줌마한테는 안짱다리라고 했더니 화를 불같이 냈어요. 또, 헝겊 공을 찼는데 그 바보 같은 공이 창문으로 날아가서 나르시자 아줌마네 큰 거울을 깨버렸어요. 그리고 새총으로 전등을 세 개 깼고, 아벨 아저씨네 아들 머리에다가 돌도 던졌어요.”

“됐다, 됐어.”

그 사람이 웃음을 숨기려고 손으로 입을 가렸어.

“더 있어요. 뗀떼나 아줌마 댁에 막 심어 놓은 묘목을 죄다 뽑아 버렸고요, 또 호제나 아줌마네 고양이한테는 구슬을 먹였어요."

"어허, 그건 안 돼. 동물을 학대하는 건 나도 싫어해."

"큰 구슬은 아니었어요. 아주 조그만 거였어요. 사람들이 설사약을 먹이니까 금방 나오던데요, 뭘. 새 구슬을 사 주지는 않고 매만 무지하게 때렸어요. 그런데 가장 억울했던 건 잠자다가 아빠한테 슬리퍼로 맞은 일이에요. 무엇 때문에 맞는지도 몰랐어요."

"왜 맞았는데?"

"애들하고 영화를 보러 갔었거든요. 이등석으로 갔어요. 거기가 요금이 싸니까요. 그런데 막 오줌이 마려웠어요. 그게 어떤 건지 아시죠? 그래서 구석으로 가서 눴지요. 물줄기가 흘러내렸어요. 바보처럼 밖으로 나갔다가 영화를 다 못 보면 아깝잖아요. 아저씬 아이들이 어떤지는 잘 아시죠? 하나가 오줌이 마렵다고 하니까 모두 마렵게 된 거예요. 그래서 모두들 구석으로 갔고 금세 물이 강처럼 흐르게 됐어요. 결국 빠울루네 아들이 그랬다는 것이 들통났어요. 그래서 철이 들 때까지 일년 동안 방구 극장 출입이 금지됐어요. 저녁에 극장 주인이 아빠한테 일러바쳤는데 아빤 그냥 넘길 일이 아니라고 생각하셨나 봐요……."

밍기뉴는 아직도 떨떠름한 얼굴이었다.

"이봐, 밍기뉴! 그러지 마. 그 사람은 내 가장 친한 친구야. 그리고 너는, 루이스가 우리 형제들 중에서 왕인 것처럼, 나무들 중에서 왕이고. 너는 그걸 알아야 돼. 사람은 마음이 넓어서 자기가 좋아하는 것은 다 받아들일 수 있다고."

그래도 여전히 아무 말이 없었다.

"알았어, 밍기뉴? 난 구슬치기나 하러 갈란다. 네가 자꾸 그러니까 짜증 나."

***

처음에는 나에게 창피를 준 사람의 차를 타고 다닌다는 사실이 부끄러워 나와 그의 만남을 비밀로 했다. 하지만 나중에는 비밀이 하나쯤 있다는 사실이 마음에 들어 계속 이 만남을 비밀로 남겨두기로 했다. 포르투갈 사람도 내가 하자는 대로 해 주었다. 우리는 우리 사이를 아무도 눈치채지 못하게 하자고 굳게 약속했다. 그 첫째 이유는 아이들을 차에 태워주고 싶지 않아서였다. 누군가 아는 사람이 가까이 오면, 그 사람이 또 또까 형이라 하더라도 나는 자세를 낮춰 몸을 숨겼다. 그다음

이유는 우리의 대화가 방해받는 것이 싫었기 때문이었다.

"아저씨, 우리 엄마 한 번도 못 봤죠? 우리 엄마는 인디언이에요. 진짜 인디언의 딸이에요. 그래서 우리 식구들은 모두 반쯤은 인디언이에요."

"그런데 너는 어떻게 그렇게 피부가 하얗지? 머리는 흰색에 가까운 금발이고 말이야."

"포르투갈인의 피가 섞여서 그렇대요. 그래도 엄마는 진짜 인디언이에요. 엄마는 거무스름한 피부에 새까만 생머리를 하고 있어요. 글로리아 누나랑 나만 이런 억센 털 러시아 고양이처럼 태어났어요. 엄마는 집세를 벌려고 영국 사람이 하는 방직 공장에 나가요. 저번엔 실타래 상자를 나르다가 허리를 다쳐서 굉장히 아파했어요. 의사한테까지 갈 정도였으니까. 디스크에 걸릴지도 모른다고 의사가 허리에 압박붕대를 감아 줬어요. 엄마는 저한테 참 잘해 줘요. 때리실 때에도 뒤뜰에 있는 가느다란 접시꽃 나뭇가지로 종아리만 때려요. 엄마는 밤에 집에 돌아오면 너무 피곤해서 얘기할 기운도 없으세요."

그가 차를 몰고 있는 동안 나는 쉴 새 없이 재잘거렸다.

"가장 지독한 건 큰누나예요. 만날 남자친구 때문에 정신이 없어요. 엄마는 누나보고 우리를 데리고 바람이나 쐬고 오라고 할 때마다 윗길로는 가지 말라고 해요. 엄마도 윗길 모퉁이에서 남자친구가 기다리고 있다는 걸 알거든요. 그런데 아랫길로 가도 거기에 다른 남자친구가 기다리고 있어요. 하도 연애 편지를 많이 써가지고 남아나는 연필이 없다니까요."

"다 왔다."

시장 근처에 이르자 그는 약속한 장소에 차를 세웠다.

"내일 보자, 꼬마야."

그가 차를 세워두는 곳에 들를 때마다 음료수도 마시고 그림 딱지도 얻어갈 수 있게끔 내가 이런저런 핑계를 잘 댄다는 것을 그는 알고 있었다. 나는 그가 한가한 시간이 언제인지도 알아내었다.

그렇게 한 달이 흘렀다. 나는 그에게 크리스마스에 있었던 이야기를 들려주었다. 다 큰 어른이 그토록 슬픈 얼굴을 할 수 있으리라고는 상상도 못했다. 그는 눈물을 글썽이며 내 머리를 쓰다듬었다. 그리고 두 번 다시 크리스마스에 선물을 받지 못하는 일이 일어나지 않도록 해 주겠다고 약속했다.

세월은 아주 느리게 지나갔다. 행복한 나날이었다. 우리 집 식구들은 내가 변했다는 것을 눈치챈 것 같았다. 난 심한 장난도 치지 않았고 뒷마당 구석의 내 작은 세계에서만 살았다. 가끔씩 악마가 내 마음을 부추기는 때도 있었다. 그러나 예전처럼 심한 욕도 하지 않았고 더 이상 이웃을 괴롭히는 일도 없었다.

나와 그는 기회 있을 때마다 드라이브를 했다. 어느 날인가 그는 차를 세우더니 내게 미소를 지어 보이며 물었다.

"우리 차를 타고 드라이브하는 게 그렇게 좋으니?"

"이게 우리 차라고요?"

"내 것은 모두 다 네 거야. 우린 가장 친한 친구잖아."

나는 뛸 듯이 기뻤다. 아, 이렇게 멋진 차의 절반이 내 것이라는 것을 모두에게 얘기할 수 있다면 얼마나 좋을까.

"이제 우리는 정말 친한 친구 사이가 된 거지?"

"맞아요."

"그러면 뭐 하나만 물어보자."

"뭔데요?"

"아직도 이다음에 커서 날 죽일 생각이니?"

"아니요. 절대 안 그럴 거예요."

"그렇게 말했었잖아, 안 그래?"

"그땐 화가 나서 그랬죠. 난 절대로 아무도 못 죽여요. 집에서 닭 잡는 것도 못 쳐다봐요. 나중에 아저씨가 사람들이 말하는 그런 사람이 아니라는 걸 알았어요. 아저씨는 식인종이 아니었어요. 절대로요."

그는 펄쩍 뛸 듯이 놀랐다.

"뭐라고?"

"식인종이요."

"그게 무슨 뜻인지 알기나 하니?"

"당연하죠. 에드문두 아저씨가 가르쳐 줬어요. 아저씬 척척박사거든요. 어떤 사람이 아저씨한테 사전을 만들어 달라고 시내에서 온 적도 있어요. 이때까지 나한테 설명해 주지 못한 건 탄화규소 하나밖에 없어요."

"엉뚱한 소리 그만 하고 식인종이 뭔지 잘 설명해 봐라."

"식인종은 사람 고기를 먹는 인디언이에요. 브라질 역사 책에는 포르투갈 사람을 먹으려고 껍질을 벗기고 있는 그 인디언들 그림이 나와요. 또 그 식인종들은 사이가 안 좋은 다른 종족들도 잡아먹었대요. 그리고 아프리카 식인종들은 수염이 긴 선교사들을 좋아한대요."

그는 브라질 사람들은 흉내도 내지 못할 희한한 웃음을 터트렸다.

"너 정말 똑똑하구나, 꼬마야. 어떤 때는 겁이 다 난다니까."

그리고 나를 찬찬히 뜯어보았다.

"말해 봐라, 꼬마야. 너 도대체 몇 살이냐?"

"거짓말 나이요, 진짜 나이요?"

"당연히 진짜 나이지. 난 거짓말쟁이 친구는 싫어."

"그럼 다섯 살이에요. 거짓말 나이는 여섯 살이고요. 다섯 살짜리는 학교에 못 가거든요."

"왜 그렇게 빨리 학교에 보냈을까?"

"생각해 보세요. 모두들 몇 시간만이라도 저한테서 자유로워지고 싶어 할 거 아니에요. 아저씨, 탄화규소가 뭔지 아세요?"

"그 말을 어디서 들었는데?"

나는 주머니에 손을 넣어 딱총 만들 때 쓰는 조약돌과 그림 딱지와 팽이 줄과 구슬들 사이를 뒤적였다.

"여기요."

인디언 얼굴이 새겨진 메달을 꺼냈다. 머리에 깃털을 잔뜩 꽂은 미국 인디언이었다. 그 메달 뒷면에 '탄화 규소'라는 글 자가 적혀 있었다.

그는 메달을 손에 들고 앞뒤로 돌려 보았다.

"글쎄, 나도 잘 모르겠는데. 이거 어디서 났어?"

"아빠 시계에 붙어 있던 거예요. 바지 주머니에 달 수 있도록 줄이 달려 있었어요. 아빠 말씀이 그 시계는 저한테 물려줄 유산이었는데 아빠가 돈이 필요해서 그걸 팔았대요. 아주 멋진 시계였는데……. 팔고 남은 걸 유산으로 줬는데 그게 바로 이거예요. 줄은 썩은 냄새가 나서 끊어 버렸어요."

그는 다시 한 번 내 머리를 쓰다듬었다.

"넌 정말 굉장히 복잡한 아이야. 하지만 솔직히 말해서 이 늙은 포르투갈 사람 마음을 기쁨으로 가득 채워 주기도 한단다. 그건 분명해. 이제 그만 가 볼까?"

"난 지금이 참 좋은데……. 조금만 더 있으면 안 돼요? 심각하게 할 말이 있어요."

"그럼 얘기해 봐라."

"우리 정말 친구 맞죠? 친한 친구요, 그렇죠?"

"그렇다니까."

"이 차도 절반은 제 거죠, 그렇죠?"

"언젠가는 완전히 네 것이 될 거다."

"그럼……."

나는 좀체 말을 꺼낼 수가 없었다.

"얘기해 보거라. 뭘 그리 망설이냐? 넌 그런 아이가 아니잖아."

"화 안 낼 거죠?"

"맹세하마."

"우리 사이에 맘에 안 드는 게 두 가지 있어요."

그래도 여전히 얘기하기가 쉽지 않았다.

"그게 뭔데?"

"첫 번째는요, 우리가 정말 친구라면서 왜 제가 계속 아저씨라고 불러야 하냐는 거예요."

그가 빙그레 웃었다.

"그럼 네 마음대로 부르도록 해라. '당신'이라고 해도 좋고, '너'라고 해도 좋고……."

" '너'는 안 돼요. 너무 어려워요.* 게다가 밍기뉴한테 우리 사이에 있었던 얘길 들려 줘야 하거든요. 너라는 단어를 사용하면 동사 변화가 어려워져요. 차라리 '당신'이 낫겠어요. 화내지 않을 거죠?"

"화를 낼 이유가 없잖아. 당연한 요구라고 생각해. 그런데 밍기뉴는 누구지? 난 처음 듣는데……."

• 브라질에서 쓰이는 포르투갈어에서는 이인칭을 거의 사용하지 않아 동사 변화에 곤혹을 겪는 경우가 있다.

"밍기뉴는 슈르르까예요."

"그러니까 슈르르까가 밍기뉴고, 밍기뉴가 슈르르까란 말이지? 난 아직도 모르겠다."

"밍기뉴는 제 라임오렌지나무예요. 그 애가 굉장히 맘에 들면 슈르르까라고 불러요."

"그러니까 너는 밍기뉴라는 라임오렌지나무를 갖고 있단 말이구나."

"그 애는 꽤 괴짜예요. 나랑 얘기도 하고, 말이 되어서 날 태우고 벅 존스나 톰 믹스, 프레드 톰슨하고 달리기도 해요. 당신(처음으로 당신이라 부르려니 힘이 들었지만 난 단호하게 말했다)은 켄 마이나드를 좋아해요?"

그는 카우보이 영화는 잘 모르겠다는 듯이 어깨를 으쓱해 보였다.

"저번에 프레드 톰슨이 나한테 그 사람을 소개해 주었어요. 난 그 사람 가죽 모자가 아주 맘에 들었어요. 하지만 그는 잘 웃지 않는 사람이에요."

"아까 하던 얘기 계속해 봐라. 네 머릿속 상상의 세계 얘기를 듣고 있으면 내 정신이 다 산만해진단 말씀이야. 그런데 또 한 가지는 뭐지?"

"다른 하나는 더 어려운 거예요. 하지만 제가 당신이라고 불렀는데도 화내지 않았으니까……. 저는요, 당신의 이름이 별로 맘에 안 들어요. 그렇게 싫은 건 아닌데, 친구 이름으로는 좀……."

"아이고 맙소사! 대체 무슨 말을 하고 싶은 거냐?"

"내가 당신을 발라다리스라고 부르면 어떨 것 같아요?"

그는 잠시 생각해 보더니 웃으며 말했다.

"어감이 좀 안 좋기는 하지."

"사실 난 마누엘이란 이름도 별로예요. 우리 아빠가 '오 마누엘르……' 하면서 포르투갈 사람 흉내를 낼 때 얼마나 화가 나는지 아세요? 그 쌍놈의 자식은 포르투갈 친구가 전혀 없었나 봐."

"지금 뭐라고 했니?"

"아빠가 포르투갈인 흉내를 낸 거요?"

"아니, 그다음에 한 말. 욕 말이야."

"쌍놈의 자식이 그렇게 나쁜 말이에요?"

"좋은 말은 아니야."

"그럼 앞으로는 그런 말 안 할게요. 그런데요?"

"'그런데요'는 내가 할 말이다. 그래서 결론이 뭐냐? 나를 발라다리스라고 하기도 싫고, 마누엘이라 하기도 싫은 것 같은데."

"내 맘에 쏙 드는 이름이 하나 있어요."

"그게 뭔데?"

나는 그 순간 세상에서 가장 뻔뻔한 얼굴을 지어 보였다.

"라디스라우 아저씨나 아니면 빵집의 다른 어른들처럼 부르고 싶어요."

그는 주먹을 불끈 쥐며 화를 내는 척했다.

"이봐, 넌 내가 아는 애들 중에서 가장 뻔뻔한 녀석이야. 날 뽀르뚜가*라고 부르고 싶다 이거야?"

"더 친하게 보이잖아요."

"그게 네가 바라는 전부냐? 그렇다면 알았다. 그렇게 하도록 해라. 이젠 가도 되겠지?"

그는 시동을 걸고 잠시 무언가를 생각하다가 차를 몰았다. 그러다 창문 밖으로 고개를 내밀어 밖을 살폈다. 길에는 아무도 없었다.

그가 차 문을 열고 내게 말했다.

———

• 포르투갈인을 낮잡아 이르는 말. 아주 친한 사이에서만 쓰인다.

"내려라."

나는 그가 시키는 대로 그를 따라 차 뒤로 갔다. 그러자 그는 차 뒤에 달린 스페어 타이어를 가리켰다.

"자, 꽉 잡아. 조심해야 돼."

나는 기쁨에 넘쳐 박쥐처럼 착 매달렸다. 그는 차에 올라 천천히 차를 몰았다. 오 분쯤 지나서 그는 차를 세우고 나를 보러 왔다.

"마음에 들어?"

"꿈 같았어요."

"그럼 됐다. 어두워지고 있으니까 이제 그만 돌아가자."

고요히 땅거미가 졌다. 멀리 가시덤불에서는 매미들의 노래가 깊어 가는 여름을 알리고 있었다.

차는 부드럽게 미끄러져 나갔다.

"좋아. 앞으로는 그 일에 대해선 절대 얘기하면 안 된다, 알았지?"

"절대 안 할게요."

"난 그저 네가 집에 잘 도착해서 식구들한테 어디에서 뭐 하다 왔는지나 잘 말했으면 좋겠다."

"벌써 다 생각해 뒀어요. 오늘은 교리 문답에 갔었다고 말할 거예요. 목요일이잖아요."

"아무튼 누가 널 당하겠냐. 언제든지 빠져나갈 구멍을 찾아낸단 말이야."

나는 그의 곁으로 바짝 다가가 팔에 머리를 기댔다.

"뽀르뚜가!"

"음……."

"난 절대로 당신 곁을 떠나고 싶지 않아요. 당신도 알지요?"

"왜?"

"당신이 세상에서 가장 좋은 사람이니까요. 당신이랑 같이 있으면 아무도 저를 괴롭히지 않아요. 그리고 내 가슴속에 행복의 태양이 빛나는 것 같아요."

4. 잊을 수 없는 두 차례의 매

"여길 이렇게 접어. 그런 다음 접은 자리를 칼로 잘 잘라."

칼은 부드러운 소리를 내며 종이를 갈랐다.

"그리고 가장자리를 남겨 놓고 가늘게 풀을 잘 칠해. 이렇게."

나는 또또까 형에게 종이 풍선 만드는 법을 배우고 있었다. 풀을 다 칠하자 또또까 형은 빨래 집게로 위쪽 주둥이를 집었다.

"잘 마른 다음에 입을 만들어야 돼. 알았냐, 이 바보야?"

"알겠어."

우리는 부엌 문지방에 앉아 종이 풍선이 마르기를 기다렸다. 풍선은 좀처럼 마르지 않았다. 그러자 또또까 형은 마치 선생님이라도 된 것처럼 설명을 늘어놓았다.

"여러 조각으로 된 오렌지 모양 풍선은 어려워서 연습을 많이 한 다음에 만들어야 해. 너처럼 초보는 두 조각 풍선을 만들어야 돼. 그게 더 쉬워."

"형, 내가 혼자 풍선을 만들 테니까, 입은 형이 만들어 줄래?"

"너 하는 거 봐서."

형은 흥정을 하고 싶어 하는 모양이었다. 아마 내 구슬이 아니면, 아무도 어떻게 그토록 많아졌는지 모르는 내 그림 딱지들을 탐내고 있는 것 같았다.

"너무해, 형. 형 대신에 싸움까지 했는데……."

"좋아. 처음이니까 이번은 공짜로 해 줄게. 그런데 네가 이번에 못 배우면 그다음엔 국물도 없어."

"알았어."

그 순간 나는 풍선 만드는 법을 철저히 배워서 앞으로는 형이 내 풍선에 손도 못 대게 해야겠다고 맹세했다.

그러자 종이 풍선 외에는 다른 생각을 할 수가 없었다. 반드시 '내 손으로 만든' 풍선이어야 했다. 뽀르뚜가에게 이 이야기를 하면 그가 얼마나 자랑스러워할까. 내 손에서 흔들리는 풍선을 보면 슈르르까가 얼마나 놀라워할까.

나는 그런 생각에 푹 빠져 양쪽 주머니에 그림 딱지와 구슬을 가득 집어넣고 밖으로 나갔다. 은종이 두 장을 사야 했기 때문에 딱지와 구슬을 되도록 싼 값에 팔 작정이었다.

"야! 얘들아, 구슬 안 살래? 일 또스땅에 구슬 다섯 개 줄게. 가게에서 금방 산 것처럼 새거야."

그러나 아무도 사려 하지 않았다.

"일 또스땅에 딱지 열 장 줄게. 로따 아줌마네 가게에서도 이렇게 싸게 팔지는 않아."

그래도 사겠다고 하는 사람은 없었다. 아이들은 돈이 하나도 없는 것 같았다. 쁘로그레수 거리를 누비며 소리쳐 보고, 까빠네마 남작 거리를 종종거리며 다녀 보아도 헛수고였다. 진지냐 할머니 댁에 가 볼까? 혹시나 하여 가 보았지만 할머니는 관심조차 없었다.

"내겐 딱지나 구슬 따위는 필요가 없단다. 네가 갖고 있는 편이 낫지. 어차피 내일 또 와서 사라고 할 텐데."

할머니도 돈이 없는 것 같았다.

나는 다시 거리로 나와 내 두 다리를 내려다보았다. 먼지 때문에 아주 더러워져 있었다. 저물고 있는 해를 쳐다보았다. 바로 그때 기적이 일어났다.

"제제! 제제!"

비리끼뉴가 나를 향해 미친 듯이 달려왔다.

"사방으로 널 찾아 다녔어. 너, 뭐 팔고 있지?"

나는 주머니를 흔들어 찰랑, 하고 구슬 소리를 냈다.

"여기 좀 앉자."

우리는 함께 앉았다. 나는 땅바닥에 물건을 펼쳐 보였다.

"얼마야?"

"일 또스땅에 구슬은 다섯 개, 딱지는 열 장."

"비싸다."

귀찮게 굴고 있네, 도둑놈 같으니라고. 남들은 그 돈에 딱지는 다섯 장, 구슬은 세 개밖에 안 주는데. 나는 물건들을 도로 주머니에 집어넣으려 했다.

"기다려 봐. 골라도 돼?"

"얼마나 가지고 있는데?"

"삼백 헤이스. 이백 헤이스 정도는 쓸 수 있어."

"좋아, 그럼 구슬 여섯 개랑 딱지 열두 장 줄게."

***

　나는 '재난과 기아' 상점으로 날 듯이 달려갔다. 옛날 일을 기억하고 있는 사람은 아무도 없었다. 손님은 오를란두 아저씨뿐이었는데 계산대에서 주인과 잡담을 하고 있었다. 이 상점은 공장의 작업 종료 사이렌이 울리고 사람들이 술을 마시러 나올 때만 겨우 꽉 찼다.

　"아저씨, 은종이 있어요?"

　"돈은 가져왔냐? 더 이상 네 아버지 앞으로는 외상이 안 된다."

　나는 잠자코 동전 두 개를 꺼내 보였다.

　"장미색하고 호박색뿐이다."

　"그것밖에 없어요?"

　"연 날리는 시기라서 남은 게 별로 없다. 하지만 다를 게 뭐 있니? 무슨 색 연이든 다 올라가잖아, 안 그래?"

　"연 만들려는 게 아녜요. 제가 처음으로 종이 풍선을 만들려고 한단 말이에요. 제 첫 번째 풍선은 세상에서 가장 멋지게 만들 거예요."

　그러나 시간을 낭비할 새가 없었다. 쉬꾸 프랑꾸 아저씨 가게까지는 뛰어간다 해도 시간이 너무 많이 걸렸다.

"그거라도 주세요."

이제는 사정이 달라졌다. 나는 의자를 탁자 가까이 당겨 놓고서 루이스 왕이 잘 볼 수 있도록 그를 그 위에 올려놓았다.

"조용히 해야 돼, 알았지? 제제 형은 이제부터 아주 어려운 일을 해야 한단 말이야. 네가 크면 공짜로 가르쳐 줄게."

어느새 날이 어스름해졌다. 우리는 열심히 풍선을 만들었다. 공장에서는 사이렌이 울렸다. 서둘러야 했다. 잔디라 누나가 벌써부터 식탁에 접시를 놓고 있었다. 누나는 다른 식구들에게 방해가 되지 않도록 우리 저녁을 먼저 차려 주곤 했다.

"제제! 루이스!"

누나는 우리가 무룬드 거리에 나가 노는 것도 아닌데 크게 소리를 질렀다. 나는 루이스를 의자에서 내려주며 말했다.

"너 먼저 가. 곧 갈 테니까."

"형, 빨리 와. 안 그러면……."

"알았어, 곧 갈게."

저 마녀가 기분이 좋지 않은 것 같았다. 남자친구들 중 하나와 싸운 모양이었다. 거리의 끝 집에 사는 친구일까, 아니면 첫 번째 집에 사는 친구일까?

나를 골탕 먹이려는 듯이 풀이 마르면서 자꾸 손가락에 들러붙어 일이 더욱 더디어졌다.

누나의 부르는 소리가 점점 높아졌다. 풍선을 만들기에는 날이 너무 어두워져 있었다.

"제―제!"

맙소사! 이제 볼장 다 봤군. 누나는 화가 잔뜩 나서 쫓아왔다.

"내가 네 식모인 줄 알아? 빨리 와서 먹어."

누나는 거실로 들어와 내 귀를 잡아당겼다. 그리고 나를 끌고 가서 식탁에다 밀어붙였다. 나는 기분이 확 상했다.

"안 먹어! 안 먹어! 안 먹어! 내 풍선 마저 만들 거야."

나는 그곳을 나와 원래 있던 자리로 돌아왔다.

누나가 맹수로 돌변했다. 누나는 내 쪽으로 오는 대신 탁자로 갔다. 그러자 모든 것이 정말 한낮의 꿈이 되어 버리고 말았다. 내가 미처 완성하지 못한 풍선은 갈가리 찢겨 종이 조각으로 변하고 말았다. 누나는 그러고도 성이 차지 않았는지(난 맥이 풀려 멍하니 서 있었다) 내 팔과 다리를 붙잡고 식당 가운데로 나를 집어던졌다.

"사람이 말로 하면 좀 들어야지!"

그러자 악마가 내 마음속에 되살아났다. 반항심이 태풍처럼 나를 휘감았다. 나는 분을 참지 못하여 한바탕 터뜨렸다.

"이 나쁜 계집애야."

누나가 내 앞에 얼굴을 바싹 들이댔다. 눈동자가 이글이글 타오르고 있었다.

"어디 용기가 있으면 다시 말해 봐!"

나는 한 자 한 자 끊어가며 다시 말했다.

"나. 쁜. 계. 집. 애."

그러자 누나는 옷장 위에 있던 가죽 장갑을 집어 사정없이 나를 때리기 시작했다. 나는 등을 돌려 손으로 얼굴을 감싸 안았다. 아픔보다는 분노가 더 크고 심했다.

"나쁜 계집애! 나쁜 계집애!"

누나는 매질을 멈추지 않았고 내 몸은 불덩이 같은 고통에 휩싸였다.

바로 그때 안또니오 형이 들어왔다. 형은 나를 때리다가 지친 누나를 거들었다.

"날 죽여라, 살인자! 날 죽이고 감옥에나 가라!"

누나는 내가 옷장을 붙들고 쓰러질 때까지 때리고 또 때렸다.

"나쁜 계집애! 나쁜 계집애!"

또또까 형이 나를 일으켜 세웠다.

"입 닥치지 못해, 제제! 어떻게 누나한테 그런 말을 할 수 있어?"

"저년은 살인자라야. 나쁜 계집애!"

그러자 형은 눈, 코, 입을 가리지 않고 내 얼굴에 주먹을 휘두르기 시작했다. 특히 입을 심하게 때렸다.

나를 구해 준 것은 요란한 소리를 듣고 달려온 글로리아 누나였다. 누나는 호제나 아주머니네 집에서 이야기를 나누다가 내 비명소리를 듣고서 허겁지겁 달려온 것이었다. 누나는 질풍처럼 방으로 뛰어들었다. 내 얼굴이 피범벅이 된 것을 보고 장난이 아니라는 것을 알아차린 누나는 또또까 형을 옆으로 밀쳐 냈다. 그리고 언니라는 사실도 개의치 않고 잔디라 누나까지 떠밀어 냈다.

나는 바닥에 쓰러져 눈도 제대로 뜨지 못한 채 숨만 헐떡이고 있었다. 글로리아 누나는 나를 침대로 데려갔다. 나는 울지 않았다. 대신 이 광경을 보고 겁을 집어먹은 루이스 왕이 안방에 숨어서 엉엉 울고 있었다.

글로리아 누나가 몹시 화가 난 목소리로 욕을 퍼부었다.

"너희들, 언젠가 이 애를 잡고 말 거야! 두고 봐! 이 인정머리 없는 괴물들 같으니!"

누나는 나를 침대에 눕히고 소금물을 담은 대야를 가져왔다. 또또까 형이 슬그머니 침실로 들어왔지만 누나는 그를 내쫓았다.

"어서 나가지 못해! 이 비겁한 놈아!"

"누난 쟤가 심한 말을 하는 걸 못 들어서 그래!"

"얘는 아무 짓도 안 했어. 너희들이 먼저 싸움을 걸었겠지. 내가 나갈 때만 해도 조용히 앉아서 풍선을 만들고 있었는데. 인정머리 없는 것들. 어떻게 제 동생을 이렇게 팰 수가 있니?"

누나가 내 피를 닦아 주었다. 나는 그때 부러진 이 하나를 뱉었다. 이것이 화산에 불을 댕긴 꼴이 되었다.

"네가 무슨 짓을 했나 봐라, 이 겁쟁이 녀석아. 제 싸움에도 겁이 나서 얘를 내보내기나 하고. 이 거지 같은 놈. 아홉 살이나 먹은 게 아직도 침대에다 오줌이나 싸고. 아침마다 네 녀석이 서랍 속에 숨겨 두는 오줌 싼 바지랑 침대 시트를 사람들에게 다 보여 줄까 보다."

누나는 방 밖으로 모두 쫓아내고 문을 잠갔다. 방안이 캄캄하여 누나는 불을 켰다. 그리고 내 윗도리를 벗겨 몸의 얼룩과 상처를 닦아 주었다.

"아프지, 아가?"

"이번엔 진짜 아파."

"아주 살살 할게, 귀염둥이야. 마를 때까지 조금만 엎드려 있어. 안 그러면 옷이 달라붙어서 아플 거야."

그런데 정말 아픈 곳은 얼굴이었다. 상처도 아팠지만 이유 없이 몹시 얻어맞았다는 사실 때문에 마음은 더욱 아팠다.

내가 얼마간 안정을 되찾자 누나는 내 곁에 누워 머리를 쓰다듬어 주었다.

"누나도 알 거야. 난 아무 짓도 하지 않았어. 내가 나쁜 짓을 했다면 맞아도 싸. 하지만 난 정말 아무 짓도 안 했어."

누나는 마른침을 삼켰다.

"내 풍선이 망가져서 가장 슬퍼. 정말 멋지게 되어 가고 있었는데. 루이스한테 물어봐."

"네 말 믿어. 아주 멋지게 되어 가고 있었을 거야. 하지만 걱정 마. 내일 진지냐 할머니네 집에 가서 다시 종이를 사자. 세상에서 가장 멋진 풍선을 만들게 해 줄게. 너무 멋있어서 별들도 질투하게 될 거야."

"소용 없어, 누나. 첫 번째 풍선은 한 번밖에 못 만들어. 첫 번째 풍선을 잘 만들지 못하면 그걸 다시 만들 수도 없고, 만들고 싶은 생각도 없어져."

"언젠가…… 언젠가는…… 내가 널 데리고 이 집에서 멀리 떠날 거야. 우리는……."

누나는 말을 잇지 못했다. 진지냐 할머니네 집을 생각하고 있는 것 같았다. 그러나 그곳도 어차피 별 다를 것 없는 지옥이었다. 누나가 처음으로 내 라임오렌지나무와 환상의 세계에 참여한 것은 바로 그때였다.

"널 톰 믹스나 벅 존스의 목장에서 살 수 있도록 해 줄게."

"난 프레드 톰슨이 더 좋아."

"그럼 그리로 가자."

우리는 의지할 곳 없는 기분이 들어 함께 나지막이 울기 시작했다.

***

보고 싶은 마음은 간절했지만 이틀 동안 뽀르뚜가를 보러 갈 수가 없었다. 식구들은 나를 학교에도 보내 주지 않았다. 잔인한 매질로 엉망이 된 내 몰골을 남에게 보이고 싶지 않았기 때문이었다. 얼굴의 부기가 빠지고 터진 입술이 아물어야 내 생활이 제 자리를 찾을 수 있을 것 같았다. 말하고 싶은 생각이 싹 사라져 그저 동생과 함께 밍기뉴 곁에 앉아 시간을 보냈다. 모든 것이 두려웠다. 아빠는 잔디라 누나에게 한번만 더 그런 욕을 한다면 나를 가루로 만들어 놓겠다고 으름장을 놓았다. 숨 쉬는 것조차 두려웠다. 내 라임오렌지나무 그늘 속에 있을 때가 그나마 맘이 가장 편했다. 거기서 뽀르뚜가가 내게 사 준 많은 딱지들을 보기도 하고, 루이스 왕에게 인내심을 갖고 구슬치기를 가르쳐 주기도 했다. 지금은 좀 서툴러도 곧 잘할 수 있을 것 같았다.

나는 뽀르뚜가가 너무 보고 싶었다. 뽀르뚜가는 내가 나타나지 않는 것을 이상하게 여기고 있을 게 분명했다. 내가 살고 있는 곳을 알았더라면 틀림없이 나를 찾아왔을 것이다. 다정한 목소리로 나를 부르는 그의 포르투갈식 말투가 그리웠다. 쎄실리아 빠임 선생님은 상대방을 '너'라고 부르려면 문법을 잘 알아야 한다고 했다. 보기 좋게 그을린 그의 얼굴과 언제나 말쑥한 감색 양복 그리고 방금 서랍에서 꺼낸 것처럼 빳빳하게 풀을 먹인 셔츠의 칼라와 체크 무늬 조끼, 심지어는 소매 단추에 달린 닻 모양 장식까지, 그의 모든 것이 그리웠다.

곧 있으면 나을 거야. 아이들 상처는 '결혼하면 병이 낫는

다'는 속담보다도 빨리 나으니까.

그날 밤 아빠는 외출을 하지 않았다. 집에는 일찍 잠이 든 루이스 말고는 아무도 없었다. 엄마가 시내에서 돌아오고 있을 시간이었다. 엄마는 공장에서 야근을 했기 때문에 우리는 겨우 일요일에나 엄마의 얼굴을 볼 수 있었다.

나는 아빠 가까이에 있기로 했다. 그래야만 장난을 치지 않을 것 같았다. 아빠는 흔들의자에 앉아 멍하니 벽만 쳐다보고 있었다. 면도를 잘 하지 않아 늘 수염이 덥수룩했고 옷도 늘 지저분했다. 돈이 없어 친구들과 카드 놀이 하러도 가지 못한 것 같았다. 불쌍한 아빠! 엄마가 집세를 벌려고 일을 나간다는 사실에 얼마나 마음이 아플까. 게다가 랄라 누나마저도 공장에 다녀야 할 형편이니……. 일자리를 구하러 갈 때마다 '우린 더 젊은 사람이 필요합니다'라는 말을 듣고서는 또 얼마나 실망했을까.

나는 문지방에 걸터앉아 벽을 기어오르는 하얀 벌레의 숫자를 세다가 아빠를 바라보았다. 아빠의 얼굴은 크리스마스 때만큼이나 슬퍼 보였다. 아빠를 위해 무엇인가를 하고 싶었다. 노래를 불러 주는 건 어떨까? 내가 조용한 소리로 노래를 불러 주면 아빠의 근심도 조금은 풀릴 것 같았다. 나는 머릿속에서 내가 아는 노래들을 떠올렸다. 그리고 아리오발두 아저 씨에게서 배운 지 얼마 안 된 노래 하나를 기억해 냈다. 그것은 탱고였다. 내가 여태 들었던 탱고 가운데 가장 아름다운 노래 였다. 나는 조용한 목소리로 노래를 부르기 시작했다.

나는 벌거벗은 여자가 좋아
벌거벗은 여자를 원해
밝은 달빛 아래서
여자의 몸을 갖고 싶어……

"제제!"
"네, 아빠."
나는 벌떡 일어섰다. 노래가 아빠 마음에 들었나 보다. 그 래서 가까이에서 듣고 싶은 건가 보다.
"그게 무슨 노래니?"
나는 다시 불렀다.

나는 벌거벗은 여자가 좋아

"그 따위 노랠 누가 가르쳐 줬어?"

미친 사람처럼 아빠의 눈에서는 불똥이 튀고 있었다.

"아리오발두 아저씨요."

"그런 사람하고 같이 다니지 말라고 그랬지?"

아빠는 그런 말을 한 적이 없다. 내가 아리오발두 아저씨의
조수라는 것을 아빠가 알고 있을 리가 없었다.

"다시 불러 봐라."

"요새 유행하는 탱고예요."

나는 벌거벗은 여자가 좋아……

아빠의 손이 내 뺨을 후렸다.

"다시 불러 봐."

나는 벌거벗은 여자가 좋아……

또 다시 아빠의 손이 날아들었다. 그리고 또, 그리고 또. 그
러고 싶지는 않았지만 눈에서 눈물이 흘러내렸다.

"어디 계속해 봐라."

나는 벌거벗은 여자가 좋아……

내 얼굴은 얼얼함으로 거의 감각이 없을 정도였다. 내 눈은 아빠의 손찌검에 따라 떴다 감았다를 반복했다. 나는 노래를 그만두어야 할지 아빠가 시키는 대로 계속 불러야 할지 분간할 수가 없었다. 그러나 아픈 가운데에서도 한 가지 결심을 했다. 이것이 내가 맞는 마지막 매가 되도록 해야겠다는 것이었다. 맞아 죽는 한이 있더라도 이번이 마지막이 되도록 해야겠다고 결심했다.

아빠가 손을 잠시 거두고 노래를 더 불러 보라고 소리쳤지만 난 부르지 않았다. 그 대신 경멸에 찬 목소리로 외쳤다.

"살인자! 날 죽여라. 날 죽이고 감옥에나 가라."

아빠는 화가 울컥 치밀었는지 흔들의자에서 벌떡 일어나 차고 있던 허리띠를 풀었다. 그 허리띠에는 쇠고리가 두 개 달려 있었다. 아빠는 미친 듯이 욕을 했다. 개자식, 쓰레기 같은 놈, 제 애비한테 욕을 해?

허리띠가 끔찍한 힘으로 내 몸을 휘감았다. 허리띠는 마치 천 개의 손가락이 달린 것처럼 내 몸 구석구석을 찾아 때리고 있었다. 나는 벽 한 모퉁이에 고꾸라졌다. 아빠가 나를 죽일 것만 같았다. 나를 구하러 나선 글로리아 누나의 음성이 희미하게 들렸다. 글로리아 누나. 나와 닮은 유일한 억센 털 러시아 고양이. 아무도 글로리아 누나에겐 감히 손을 대지 못했다. 누나는 아빠의 손을 꽉 부여잡으며 매질을 말렸다.

"아빠! 아빠! 차라리 절 때리시고 얘는 제발 그만 때리세요."

아빠는 식탁 위로 허리띠를 내던졌다. 그리곤 손으로 얼굴을 쓸어 올렸다. 그러더니 나와 자신이 불쌍하게 느껴졌는지 울음을 터트렸다.

"내가 정신이 나갔지. 난 얘가 날 놀리는 줄 알았다. 내 말을 일부러 듣지 않는 줄 알았어."

글로리아 누나가 나를 안아 올렸을 때 나는 정신을 잃었다.

다시 정신이 들었을 때는 온몸이 열로 후끈거렸다. 엄마와 글로리아 누나가 내 머리맡에 앉아 나를 다독여 주었다. 거실에는 많은 사람들이 왔다갔다했다. 진지냐 할머니까지 와 있는 것 같았다. 움직일 때마다 온몸이 쑤셨다. 나중에 알게 된 일이지만 의사를 부르려다가 별로 좋은 일이 아니어서 그만두었다고 한다.

글로리아 누나가 직접 끓인 수프를 가져와 내게 먹이려 했

218

다. 숨도 쉬기 어려웠으니 삼키는 것은 더욱 힘든 일이었다. 계속 졸음이 쏟아졌다. 잠에서 깨어 보면 아픔이 조금은 가신 것 같기도 했다. 글로리아 누나와 엄마가 계속 나를 지켰다. 엄마는 내 곁에서 밤을 새우다가 새벽녘이 되어서야 겨우 일 나갈 준비를 하려고 일어섰다. 엄마는 일을 나가야만 했던 것이다. 엄마가 다녀오마 하는 인사를 하러 들어왔을 때 나는 엄마의 목을 꼭 껴안았다.

"괜찮을 거야, 아가. 내일이면 다 나을 거야."

"엄마!"

조용히 입을 열었다. 그리고 어쩌면 내 인생에서 가장 남의 마음을 아프게 했을 말을 꺼냈다.

"엄마, 난 태어나지 말았어야 했어요. 잔디라 누나가 찢어 버린 내 풍선처럼 됐어야만 했어요."

엄마는 가만히 내 머리를 쓰다듬어 주셨다.

"모두들 제 운명을 안고 태어나는 거야. 너도 마찬가지고. 제제, 너는 다만 가끔씩 장난이 좀 심할 뿐이야."

5. 엉뚱하고 기분 좋은 부탁

내가 다 낫기까지는 일주일이 걸렸다. 내 마음이 상한 이유는 아픔이나 매 때문이 아니었다. 식구들은 의심이 갈 정도로 내게 잘해 주었다. 그래도 무엇인가를 잃은 것처럼 허전했다. 나를 다시 예전의 나로 되돌려 주고, 사람과 그들의 선한 마음을 믿게 해 줄 중요한 무엇인가가 사라진 것 같았다. 나는 아주 조용히 지냈다. 아무 의욕 없이 밍기뉴 곁에 멍하니 앉아 무관심하게 삶을 바라보았다. 밍기뉴와 말을 주고받는 것도 싫었고 그가 하는 이야기들도 시시했다. 내가 하는 일이라고는 기껏해야 동생이 내 곁에 있도록 하는 것뿐이었다. 단추들을 온종일 올렸다 내렸다 하며 동생이 좋아하는 빵 지 아쑤까르 바위산 케이블카 놀이를 함께하는 것이 전부였다. 나도 어렸을 적엔 동생처럼 이 놀이를 좋아했기 때문에 다정한 눈빛으로 노는 모습을 바라보았다.

글로리아 누나는 내가 좀처럼 입을 열지 않는 것을 걱정했다. 그래서 딱지 뭉치나 구슬 주머니를 내 가까이 놓아 주기도 했다. 하지만 나는 어지간해서는 손도 대지 않았다. 영화 구경도 구두닦이도 시들했다. 내 가슴속에서 슬픔이 자라나는 것을 막을 도리가 없었다. 이유도 모르는 채 모질게 얻어 맞은 짐승처럼…….

글로리아 누나는 내 환상의 세계에 대해 이것저것 물었다.

"그런 사람들은 이제 없어. 모두 사라졌어."

프레드 톰슨과 그 친구들 얘기였다.

누나는 내 마음속에서 엄청난 변화가 일고 있다는 것도, 내가 무엇을 결심했는지도 모르고 있었다. 이제는 영화를 바꾸어야 했다. 카우보이 영화나 인디언 영화는 더 이상 보지 않기로 했다. 앞으로는 어른들이 말하는 애정 영화를 볼 작정이었다. 입맞추고 포옹하는 장면이 많이 나와 누구나 좋아하는 그런 영화들 말이다. 나같이 매만 맞고 사는 인간은 적어도 다른 사람들은 어떻게 사랑하는가를 봐 둘 필요가 있었다.

드디어 학교에 갈 수 있는 날이 되었다. 집을 나섰지만 학교로 향하지는 않았다. 나는 뽀르뚜가가 일주일 동안 '우리' 차를 타고 와 나를 기다렸다는 것을 알고 있었다. 그리고 내가 기다려 달라고 하면 다시 나를 기다리기 시작할 것이라는 것도 알고 있었다. 그는 내가 나타나지 않아 틀림없이 노심초사했을 것이다. 그러나 내가 아프다는 것을 알았어도 나를 찾아오지는 않았을 것이다. 우리는 죽을 때까지 비밀을 지키기로 맹세했기 때문이다. 하느님 말고는 아무도 우리의 우정을 알아서는 안 되었다.

역 맞은편 빵집 옆에 그 멋진 차가 세워져 있었다. 그제서야 내 마음속에서 한 줄기 행복의 빛이 되살아났다. 내 마음은 그리움보다 더 앞서 달려갔다. 이제 진짜 친구를 보게 되는 것이다.

바로 그때 역 입구에서 우렁찬 기적 소리가 울려와 나는 깜짝 놀랐다. 망가라치바였다. 거만하고 난폭한 철로의 주인이었다. 늠름한 모습으로 객량을 흔들면서 나는 듯이 지나갔다.

창가 쪽에 앉은 사람들이 밖을 내다보고 있었다. 한껏 여행을 즐기는 모습들이었다. 어릴 땐 망가라치바를 구경하며 끝없이 손을 흔들어 주곤 했다. 이제 그런 짓을 할 사람은 루이스뿐이었다.

나는 빵집 탁자들 사이를 훑으며 그를 찾았다. 그는 거기 있었다. 빵집에 들어서면 한눈에 볼 수 있는 가장 끝에 놓인 탁자에 등을 지고 앉아 있었다. 웃옷을 입지 않아 멋진 체크 무늬 조끼와 깨끗한 셔츠의 소매가 보였다.

나는 기운이 빠져 그의 곁으로 다가갈 수가 없었다. 라디스라우 아저씨가 그에게 내가 왔음을 알렸다.

"뽀르뚜가, 누가 왔는지 좀 봐!"

그가 천천히 돌아섰다. 그의 얼굴이 환한 미소로 활짝 개었다. 그는 팔을 벌려 나를 아주 오랫동안 안아 주었다.

"그래, 오늘은 어쩐지 네가 올 것 같더라."

그리고 한참 동안 나를 들여다보았다.

"어떻게 된 거야, 이 도망쟁이야? 그동안 어디 가 있었어?"

"많이 아팠어요."

그는 의자를 당겨 앉았다. 그리고 내가 무엇을 좋아하는지 잘 아는 종업원에게 손가락 신호를 보냈다. 음료수와 케이크가 나왔는데도 난 손을 대지 않았다. 손으로 얼굴을 받치고 가만히 앉아 있었다. 기운은 없고 슬프기만 했다.

"먹기 싫어?"

대답이 없자 뽀르뚜가는 내 얼굴을 받쳐 들었다. 입술을 꽉 깨물었지만 내 눈에는 이미 눈물이 가득 고였다.

"왜 그러는 거야, 꼬마 친구? 말해 봐! 난 네 친구잖아."

"안 돼요. 여기선 못 하겠어요."

라디스라우 아저씨가 알 수 없다는 듯 머리를 가로저었다. 나는 딱 한 마디만 하기로 했다.

"뽀르뚜가, 아직도 저 차가 우리 차인가요?"

"물론이지. 아직도 못 믿겠니?"

"저하고 드라이브 가 줄래요?"

그는 내 부탁에 흠칫 놀랐다.

"네가 그렇게 하고 싶으면 지금 나가자."

아까보다 더 많은 눈물이 글썽이는 것을 본 그는 내 팔을 잡고 차로 데려갔다. 열려 있는 창문을 통해 나를 자리에 앉혔다. 그리고 돈을 치르러 빵집으로 다시 들어갔다. 그와 라디스라우 아저씨 일행이 하는 이야기가 들려왔다.

"저 애 집에선 저 애를 이해해 주는 사람이 아무도 없어. 나도 저렇게 예민한 애는 처음이야."

"솔직히 말해 봐, 뽀르뚜가. 자네 저 녀석을 정말 좋아하는 거야?"

"자네가 생각하는 것보다 훨씬 더. 아주 영리하고 귀여운 꼬마야."

그는 차로 돌아와 자리에 앉았다.

"어디로 갈까?"

"일단 여기서 나가요. 무룬두 거리도 좋고요. 가까우니까 휘발유도 적게 들 거예요."

그가 웃었다.

"그런 어른들이나 하는 걱정을 하기에는 너무 어리지 않니?"

우리 집은 너무 가난했기 때문에 어려서부터 뭐든지 절약해야 한다고 배웠다. 모든 것이 비쌌고 돈이 많이 들었다.

차를 모는 동안 그는 아무 말도 하지 않았다. 내 마음이 가라앉기를 기다리는 것 같았다. 모든 것을 뒤로 하고 아름다운 초록빛 수풀 사잇길로 들어서자 그는 차를 세웠다. 그리고 나를 바라보면서 다른 누구에게서도 찾을 수 없어 나를 허전하게 했던 마음 착한 사람의 미소를 지어 보였다.

"뽀르뚜가, 제 얼굴 좀 자세히 봐 주세요. 아니, 얼굴 말고 주둥이요. 우리 식구들은 내가 사람이 아니라 짐승이래요. 그리고 삐냐제 인디언에다가 악마의 새끼라서 주둥이를 가졌대요.”

“난 네 얼굴이 보고 싶은데.”

“그래도 잘 보세요. 매 맞은 데가 아직도 부어 있는지 한번 봐 주세요.”

뽀르뚜가의 눈은 놀라움 반, 가여움 반으로 휘둥그레졌다.

“뭣 때문에 이 지경이 되도록 때린 거야?”

나는 한 줄도 보태지 않고 전부 이야기했다. 내 이야기가 끝나자 그는 눈물이 솟아 어찌할 바를 몰라했다.

“그래도 그렇지, 어떻게 이렇게 작은 애를 그렇게 때릴 수가 있어? 아직 여섯 살도 안 된 애인데…….오, 하느님 맙소사!”

“난 왜 그런지 알아요. 쓸모없는 애라서 그래요. 너무 너무 못돼서 크리스마스에도 착한 아기 예수처럼 되지 못하고, 못된 새끼 악마가 됐어요.”

“바보 같은 소리 마. 넌 아직도 천사야. 심한 장난꾸러기는 맞지만…….”

나는 나를 괴롭히는 그 생각을 떨쳐 버릴 수가 없었다.

“난 너무 못된 애라서 태어나지 말아야 했어요. 저번에 엄마한테도 그렇게 말했어요.”

그가 처음으로 말을 더듬었다.

"그런 말을 해서는 안 돼."

"당신한테 꼭 할 말이 있어서 드라이브하자고 한 거예요. 아빠가 나이가 많아서 일자리를 구하지 못하고 있다는 거 저도 알아요. 얼마나 속상해하는지도 알고요. 엄마는 새벽에 나가요. 살림에 보태려고 영국 사람이 하는 방직공장에서 일을 해요. 엄마는 압박붕대를 감고 다녀요. 실타래 상자를 옮기다가 허리를 삐끗했거든요. 랄라 누나는 공부도 많이 했는데 지금은 공장에 나가요. 이런 일들은 모두 가슴 아픈 일이에요. 아무리 그래도 날 그렇게 심하게 때릴 것까지는 없었는데. 저번 크리스마스에 아빠한테 마음대로 때려도 좋다고 하긴 했지만 이번엔 정말 너무하셨어요."

그는 소스라치게 놀라며 나를 쳐다보았다.

"맙소사! 너처럼 어린애가 어쩜 그렇게 어른들 고통을 이해하고 함께 나눌 수 있지? 너 같은 아이는 처음 봤다."

그는 북받치는 감정을 누르며 말했다.

"우린 친구야, 그렇지? 그러니까 사나이 대 사나이로서 얘기해 보자. 너랑 얘기를 하다 보면 어떤 때는 등에서 식은 땀이 다 흐른다. 어쨌든 누나한테 그런 욕을 하면 안 된다. 아니, 욕을 아예 해서는 안 돼, 알겠니?"

"하지만 전 이렇게 어리잖아요. 그렇게라도 해야 복수할
수 있단 말이에요."

"네가 한 말이 무슨 뜻인지는 알았니?"

나는 고개를 끄덕였다.

"그럼 더 더욱 해서는 안 돼!"

우리는 잠시 말을 멈췄다.

"뽀르뚜가!"

"응?"

"당신은 제가 욕하는 게 싫어요?"

"무조건 싫다."

"알았어요. 제가 죽지 않는다면 앞으로 욕을 하지 않겠다
고 맹세할게요."

"좋아. 그런데 죽는다는 게 무슨 소리냐?"

"좀 있다가 얘기해 줄게요."

우리는 다시 입을 다물었다. 뽀르뚜가는 걱정이 되는 모양
이었다.

"네가 나를 믿는다니까 나머지 사건도 알아야겠다. 노래
사건은 뭐냐? 그 탱고 어쩌고 하던 거 말이야. 어떤 노래를 부

르고 있는지는 알았니?"

"당신한테까지 거짓말하고 싶지 않아요. 정확히는 몰랐어요. 전 뭐든지 들으면 외우거든요. 정말 아름다운 노래였어요. 내용은 생각해 본 적 없었어요. 그런데 아빠는 날 자꾸자꾸 때렸어요. 뽀르뚜가, 걱정 마세요……."

나는 엉엉 울었다.

"걱정 마세요. 죽여 버릴 거니까요."

"무슨 소릴 그렇게 해. 네 아빠를 죽이겠다고?"

"예, 죽일 거예요. 이미 시작했어요. 벅 존스의 권총으로 빵 쏘아 죽이는 그런 건 아니에요. 제 마음속에서 죽이는 거예요. 사랑하기를 그만두는 거죠. 그러면 그 사람은 언젠가 죽어요."

"상상력 한번 대단하다, 너."

말은 그렇게 하면서도 측은한 마음은 숨기지 못했다.

"그런데 넌 나도 죽이겠다고 했잖아?"

"처음엔 그랬어요. 그런데 그다음엔 반대로 죽였어요. 내 마음에 당신이 다시 태어날 수 있게 그렇게 죽였어요. 제가 좋아하는 사람은 당신밖에 없어요. 뽀르뚜가, 당신은 내 하나밖에 없는 친구예요. 저한테 딱지랑 음료수랑 케이크랑 구슬 같은 것들을 사 줘서 이러는 건 아니에요. 정말이에요."

"아니다. 모두가 널 사랑해. 네 어머니나 아버지도. 글로리아 누나와 루이스 왕도 그렇고. 설마 네 라임오렌지나무를 잊은 건 아니겠지? 밍기뉴라고 했나? 그리고……."

"슈르르까예요."

"그래, 그래."

"지금은 달라요, 뽀르뚜가. 슈르르까는 그저 꽃 한 송이 피울 줄 모르는 어리고 보잘것없는 오렌지나무예요. 그게 사실이에요. 하지만 당신은 안 그래요. 당신은 제 친구고, 그래서 우리 차로 드라이브하러 오자고 한 거였어요. 얼마 안 있으면 당신 혼자만의 차가 될 테지만. 사실 전 작별 인사를 하러 왔어요."

"작별?"

"예. 당신도 알겠지만 난 아무데도 쓸모없는 아이잖아요. 이제 나도 매 맞고 귀 잡히는 데 지쳤어요. 더 이상 주둥이란 소리도 듣고 싶지 않고요."

목이 메어오기 시작했다. 말을 마치려면 용기를 내야 했다.

"그래서, 도망치려고?"

"아니요. 이번 주 내내 생각해 봤는데요, 오늘 밤에 망가라치바에 뛰어들기로 했어요."

그는 아무 말 없이 나를 그의 품 안에 힘껏 끌어안았다. 그리고 그만이 할 수 있는 위로의 말을 해 주었다.

"안 돼. 제발, 그런 말은 하지 마. 넌 앞으로 얼마든지 멋지게 살 수 있어. 이렇게 똑똑하고 영리한데. 그런 말은 꺼내지도 마. 죄를 짓는 거야. 다시는 그런 생각 하지 말고 그런 말도 하지 마. 네가 그러면 난 어떡하니? 날 별로 사랑하지 않는 거야? 날 사랑한다고 했던 게 거짓말이 아니라면 다시는 그런 소리 하지 마라."

그는 뒤로 조금 물러앉아 내 눈을 들여다보았다. 그리고 손등으로 내 눈물을 닦아 주었다.

"난 널 무척 사랑한단다, 꼬마야. 네가 생각하는 것보다 훨씬 더. 그러니까 자, 이젠 웃어 봐야지."

그의 고백으로 마음이 반쯤은 누그러졌다. 그래서 이내 웃음을 지어 보였다.

"다 잊게 될 거야. 넌 연날리기 챔피언도 되고, 구슬치기 왕도 되고, 벅 존스처럼 훌륭한 카우보이도 될 거야. 참, 나한테 좋은 생각이 있는데 들어 볼래?"

"뭔데요?"

"토요일날 인간따두에 사는 내 딸 아이를 보러 가기로 했는데 못 갈 것 같아. 그 애가 남편하고 빠께따 섬에 며칠 놀러 간다는구나. 그래서 요즘 날씨도 좋고 하니까 관두에 낚시나 하러 갈까 하고 있는데 같이 갈 만한 친한 친구가 없어. 너하고 같이 가면 좋겠는데."

내 눈에 활기가 되살아났다.

"절 데리고 갈 건가요?"

"네가 가고 싶다면. 억지로 가자는 건 아니고."

나는 대답 대신 면도한 그의 얼굴에 내 볼을 대고 목을 꼭 껴안았다. 우리는 함께 웃고 있었고 비극은 모두 사라진 것 같았다.

"아름다운 곳이야. 점심을 싸 가지고 가자. 넌 뭘 가장 좋아하지?"

"당신이요, 뽀르뚜가."

"소시지, 계란, 바나나 같은 거 말이야."

"뭐든지 다요. 우리 집에선 가려 먹으면 안 돼요."

"그럼, 같이 가는 거다?"

"놀러 갈 생각을 하면 잠도 못 잘 거예요."

그러나 기쁨 가운데서도 걱정이 있었다.

"하루 종일 나와 있어야 하는데 집엔 뭐라고 할래?"

"아무 핑계나 대지요, 뭐."

"나중에 들키면?"

"이번 달엔 아무도 날 못 때려요. 식구들이 글로리아 누나
랑 약속했단 말이에요. 글로리아 누나는 아주 무섭거든요. 누
나도 나처럼 억센 털 러시아 고양이에요. 식구 중에 누나만 그
래요."

"정말 아무도 널 못 때려?"

"네, 진짜예요. 때리고 싶어도 한 달쯤 지나서 내가 완전히
다 나은 다음에나 그럴 수 있을 거예요."

그는 차에 시동을 걸었다.

"그러니까 그 일은 잊어버리는 거다, 응?"

"무슨 일이요?"

"망가라치바 말이야."

"당장에 그러겠다는 건 아니었어요."

"다행이다."

나중에 라디스라우 아저씨에게서 들은 이야기로는 내 약
속에도 불구하고 뽀르뚜가는 망가라치바가 지나가고 나서야
집에 돌아갔다고 한다. 아주 밤 깊은 시간에 말이다.

***

우리는 아름다운 길을 따라 달렸다. 포장도 안 된 좁은 길이었지만 길가의 나무와 풀밭은 아름다웠다. 밝은 태양과 맑게 갠 푸른 하늘은 말할 것도 없었다. 진지냐 할머니가 언젠가 '기쁨은 마음속에 빛나는 태양'이라고 말한 적이 있다. 그리고 그 태양이 모든 것을 행복으로 비춰 준다고 했다. 그게 사실이라면 내 마음속의 태양이 모든 것을 아름답게 비춰 주고 있는지도 몰랐다.

차가 아주 천천히 달리는 동안 우리는 많은 이야기를 나누었다. 자동차마저도 우리 이야기를 귀담아 들으려는 것 같았다.

"너는 나하고 있을 땐 비단같이 부드럽고 착해. 네 선생님하고 있을 때도. 네 선생님 성함이 뭐라고 했지?"

"쎄실리아 빠임이요. 선생님 한쪽 눈에 점이 나 있는 건 알지요?"

그는 웃었다.

"그러니까, 쎄실리아 빠임 선생님은 네가 학교 밖에서 못된 짓을 저지르고 다닌다는 것을 믿지 않는다고 그랬지. 네 동생이나 글로리아랑 있을 때도 넌 아주 착해. 그런데 어떻게 사람이 그렇게 변하지?"

"저도 모르겠어요. 집에서는 아무 생각 없이 하는 일도 장
난이 돼 버려요. 내가 나쁜 짓을 저지른다는 걸 온 동네가 다
알아요. 악마가 내 귀에다 대고 나쁜 일을 불어넣나 봐요. 안
그러면 에드문두 아저씨 말처럼 어떻게 그 많은 장난을 혼자
서 만들어 내겠어요. 에드문두 아저씨한테 제가 무슨 짓을 했
는지 아세요? 제가 말했나요, 안 했죠?"

"안 했다."

"여섯 달쯤 전이었어요. 아저씬 북부 지방에서 쓰는 그물
침대 하나를 선물 받았어요. 그런데 엄청 비싸게 구는 거예요.
우리보고 올라가지도 못하게 하잖아요. 나쁜 자식……."

"엉, 뭐라고?"

"그러니까 그 악랄한 인간이 자고 일어나면 그물을 걷어
가지고 옆구리에 끼고 가 버리는 거예요. 우리가 한 올이라도
떼어 갈 것처럼 말이에요. 그런데 어느 날 제가 할머니 집에 갔
었어요. 마침 할머니는 제가 들어오는 걸 못 봤어요. 안경을 콧
등 위에 올려놓고 신문 광고를 읽고 있었을 거예요. 그래서 집
을 한 바퀴 돌아봤어요. 구아버나무를 살펴봤는데 열매가 안
열렸어요. 그런데 아저씨가 오렌지나무와 울타리 사이에 그

물 침대를 매달아 놓고 그 위에서 코를 골며 주무시는 거예요. 입은 반쯤 벌리고 돼지처럼 코를 골았어요. 신문이 땅에 떨어져 있었어요. 그러자 악마가 막 나를 충동질하는 거예요. 아저씨 주머니에 성냥상자도 보였거든요. 그래서 저는 소리 없이 신문 한 조각을 찢었어요. 그리고 다른 신문들도 주워 모았어요. 그리고 찢어 놓은 신문에 불을 붙였어요. 아저씨…….”

나는 이야기를 멈추고 진지하게 물었다.

“뽀르뚜가, 볼기짝이란 말 해도 돼요?”

“글쎄. 거의 욕에 가까워. 자주 하면 안 좋아.”

“그럼 볼기짝을 말하고 싶을 땐 뭐라고 해요?”

“둔부라고 해라.”

“뭐라고요? 좀 어려운 말 같은데……. 외워야겠어요.”

“둔―부! 둔―부!”

“아무튼 아저씨 둔부 아래서 불이 붙기 시작했어요. 전 대문 밖으로 달려가 울타리 구멍으로 무슨 일이 벌어지나 지켜봤어요. 엄청난 비명 소리가 들렸어요. 아저씨는 껑충 뛰어올라 침대를 걷어 올렸어요. 진지냐 할머니가 달려가서 아저씨한테 호통을 쳤어요. ‘그물 침대에 누워서 담배 피우지 말라고 얼마나 얘기했니!’ 그러고는 신문이 타는 걸 보시고 아직 읽지도 않은 신문이라고 화를 내셨어요."

뽀르뚜가는 껄껄 웃었다. 그가 재미있어 하는 것을 보니 나도 흐뭇했다.

"들키지 않았어?"

"안 들켰어요. 슈르르까한테만 얘기했어요. 만일 들켰더라면 제 불알을 잘랐을 거예요."

"뭘 자른다고?"

"그러니까 절 거세시킨단 말이에요."

그는 다시 한바탕 웃어 댔다. 우리는 거리를 내다보았다. 차가 지나 온 길을 따라 노란 먼지가 뽀얗게 일었다. 나는 한 가지 석연치 않은 것이 있었다.

"뽀르뚜가, 당신은 저한테 거짓말 한 적 없죠, 네?"

"무슨 말이냐, 꼬마야?"

"전 두부를 찬다는 말을 아직 한 번도 들어 본 적이 없거든요. 당신은 들어 보셨어요?"

그는 다시 웃었다.

"정말 대단한 놈이야. 나도 들어 본 적 없다. 두부는 잊어버려. 대신 엉덩이란 말을 써라. 이젠 다른 얘기 하자. 이러다간 네게 대답해 줄 말이 다 없어질 것 같다. 저 경치를 좀 봐라. 큰

237

나무들이 점점 더 많아질 거야. 강에 점점 가까워지고 있거든."

그가 차를 오른쪽으로 꺾자 우리는 오솔길로 접어들었다. 차는 한참을 더 가다가 넓은 들판에 멈추었다. 뿌리가 커다란 나무 한 그루가 서 있는 곳이었다.

나는 손뼉을 치며 좋아했다.

"야, 멋지다! 멋져! 벅 존스를 보면 그의 평원과 초원들은 여기 발 밑에도 못 온다고 얘기해 줄래요."

그는 내 머리를 쓰다듬었다.

"늘 이런 너의 모습을 보고 싶어. 멋진 꿈만 꾸고 머리의 잡생각들일랑 다 잊어라."

우리는 차에서 내렸다. 나는 그를 도와 나무 그늘까지 짐을 날랐다.

"여기에 늘 혼자 오세요, 뽀르뚜가?"

"거의 언제나. 봐라! 나한테도 나무가 있다."

"이 나무 이름은 뭐예요, 뽀르뚜가? 이렇게 큰 나무는 세례도 줘야 한다는데."

그는 생각해 보고 웃더니 다시 또 생각했다.

"이건 비밀인데, 너한테만 얘기해 줄게. 이 나무 이름은 '까를로따 여왕'이야."

"이 나무도 당신한테 말을 해요?"

"말은 안 해. 왜냐면 여왕은 자기 신하랑은 직접 얘기하지 않거든. 난 언제나 '폐하'라고 불러."

"신하가 뭐예요?"

"여왕이 명하는 대로 복종하는 사람이지."

"그럼 전 당신의 신하인가요?"

그가 아주 호탕한 웃음을 터트리는 바람에 그 입김에 풀밭이 흔들릴 정도였다.

"아냐. 난 왕이 아니고 난 누구한테 명령도 안 해. 난 언제나 너한테 부탁만 하잖아."

"하지만 당신은 왕이 될 수 있어요. 왕이 가진 모든 것을 가졌으니까요. 왕들도 당신처럼 뚱뚱해요. 트럼프에 있는 하트, 스페이드, 클로버, 다이아몬드 왕처럼 모든 왕들은 당신처럼 멋져요, 뽀르뚜가."

"자, 자, 이제 좀 서두르자. 이렇게 얘기가 길어지다간 낚시는 해 보지도 못하겠다."

그는 낚싯대와 지렁이가 가득 든 깡통을 챙겨 놓고 나서 구두와 조끼를 벗었다. 조끼를 벗으니 더욱 뚱뚱해 보였다. 그가 강을 가리키며 말했다.

"거기쯤에서는 놀아도 되겠다. 얕으니까. 다른 쪽은 깊으니까 가지 마라. 난 저쪽에서 낚시를 할게. 내 옆에 있으려면 조용히 있어야 돼. 말을 하면 고기들이 달아나 버리거든."

나는 앉아 있는 그를 남겨둔 채 홀로 마음껏 활개 치며 세상을 발견하러 나섰다. 얼마나 아름다운 강이었는지 모른다. 나는 물에 발을 담그고 한 떼의 두꺼비들이 물살 속에서 이리저리 뛰어다니는 것을 보았다. 모래와 조약돌과 두둥실 떠내려가는 잎들을 보았다. 문득 글로리아 누나가 생각났다.

저를 놓아주세요, 샘물님

꽃이 울며 말했습니다

나는 산마을에서 태어났어요

나를 바다로 데려가지 마세요

그곳에선 하늘하늘

가지를 흔들었지요

그곳에선 푸른 하늘에서

청초한 이슬방울이 떨어졌지요

차갑고 명랑한 샘물은

소곤소곤 속삭이듯

모래밭을 달리며

꽃들을 실어 갑니다

글로리아 누나 말이 옳았다. 이런 것들이 세상에서 가장 아름다운 것이었다. 나는 진정한 삶을 노래하는 시를 보았다고 누나에게 말할 수 없는 것이 안타까웠다. 진정으로 삶을 노래하는 시는 꽃이 아니라 물 위에 떨어져 바다로 떠내려가는 수많은 이파리들과 같은 것이었다. 이 강도 바다로 흐르는 걸까? 뽀르뚜가에게 물어볼까. 아냐. 괜히 낚시에 방해만 될 거야.

겨우 송사리 두 마리밖에 잡지 못했다. 낚시를 했다고 말하기가 조금 부끄러웠다.

해는 이미 하늘 높이 떠 있었다. 내 얼굴은 장난을 치느라, 삶에 대해 생각하느라 발갛게 상기되어 있었다. 그때 뽀르뚜가가 나를 부르며 다가왔다. 나는 새끼 염소처럼 뛰어갔다.

"꼴이 말이 아니다, 요 꼬마야!"

"이것저것 다하고 놀았어요. 바닥에 눕기도 하고, 물장구도 쳤어요."

"뭘 좀 먹자. 그런데 그 돼지 같은 꼬락서니로 먹을 수는 없지. 옷을 벗고 거기 얕은 데서 좀 씻고 나오거라."

그러나 난 그렇게 하고 싶지 않아 머뭇거렸다.

"헤엄칠 줄 몰라요."

"몰라도 돼. 어서. 내가 옆에 있을 테니까."

나는 계속 서 있었다. 그에게 몸을 보이고 싶지 않았다.

"설마 내 앞에서 옷을 벗는 게 부끄러운 것은 아니겠지?"

"아니요. 그게 아니라……."

어쩔 수가 없었다. 등을 돌려 옷을 벗기 시작했다. 우선 셔츠를 벗고 그다음엔 멜빵 달린 바지도 벗었다.

그것들을 모두 땅바닥에 던져 놓고 나서 애원하는 눈빛으로 그를 돌아보았다. 그는 아무 말이 없었다. 그러나 그의 눈은 놀라움과 분노로 가득 차 있었다. 나는 매 맞은 자국과 흉터를 그에게 보이고 싶지 않았던 것이다.

그는 목 멘 소리로 이렇게 말했다.

"아플 것 같으면 물에 들어가지 마라."

"이제 아프지는 않아요."

***

우리는 계란, 바나나, 소시지, 빵 그리고 바나나로 만든 작

242

은 케이크를 먹었다. 전부 내가 좋아하는 것들이었다. 우리는 강에서 물을 마시고 '까를로따 여왕' 밑으로 돌아왔다.

그가 앉으려 하기에 나는 잠시 멈추라고 신호했다. 나는 가슴에 손을 얹고 나무를 향해 경의를 표했다.

"여왕 폐하, 당신의 신하 마누엘 발라다리스와 삐나제 족 최고 투사 대령하였사옵니다. 폐하의 발 밑에 잠시 앉는 것을 윤허하여 주소서."

우리는 웃으며 앉았다.

뽀르뚜가는 땅 위로 드러난 나무 뿌리에 조끼를 깔아주며 말했다.

"자, 이젠 한숨 자거라."

"안 졸린데요."

"그래도 할 수 없어. 너 같은 장난꾸러기를 저 강가에 풀어 놓을 수는 없잖아."

그는 내 가슴에 손을 얹어 나를 가두어 버렸다. 우리는 나뭇가지 사이로 빠져나가는 구름을 바라보았다. 좋은 기회였다. 만약 지금 말하지 못하면 영영 못할 것 같았다.

"뽀르뚜가!"

"으음……."

"주무세요?"

"아직."

"빵집에서 라디스라우 아저씨한테 했던 말, 정말이에요?"

"글쎄, 빵집에서 라디스라우한테 한 말이 한둘이 아닌데."

"제 얘기 했잖아요. 차에서 다 들었어요."

"뭘 들었는데?"

"저를 많이 좋아한다는 거요."

"널 좋아하는 것은 확실해. 그런데 무슨 문제가 있니?"

나는 그의 팔에 감긴 채 돌아누웠다. 그리고 반쯤 감긴 그
의 눈을 바라보았다. 얼굴이 더 커 보였고 그래서 더 왕 같아
보였다.

"그런 게 아니라…… 당신이 정말 저를 좋아하는지 확실히
알고 싶어서요."

"그래 좋아해, 바보야."

그리고 자신의 말을 증명하듯이 나를 더욱 꼭 껴안았다.

"곰곰이 생각해 봤는데요, 아저씨한테는 인깐따두에 사는
딸밖에 없죠?"

"그래."

"집에도 새장 두 개만 있고 혼자시죠, 네?"

"그래."

"손자도 없다고 했죠, 네?"

"그래."

"그리고 저를 좋아한다고 그랬죠, 네?"

"그래."

"그럼 왜 우리 집에 와서 아빠에게 절 달라고 그러지 않으세요?"

그는 너무 감격한 나머지 벌떡 일어나 앉아 두 손으로 내 얼굴을 감싸 쥐었다.

"너, 내 아들이 되고 싶은 거냐?"

"태어나기 전에 아버지를 선택할 수는 없잖아요. 만약에 그럴 수만 있다면 당신을 선택할 거예요."

"정말이냐, 꼬마야?"

"맹세할 수 있어요. 게다가 우리 집은 입을 하나 덜게 되는 거예요. 욕도 안 할 거고 볼기짝이란 소리도 안 할게요. 당신 구두도 닦아 주고, 새들도 돌봐 줄게요. 착한 아이가 될게요. 학교에서도 가장 공부 열심히 하는 학생이 될게요. 무슨 일이나 다 잘 할게요, 네?"

그는 뭐라고 해야 좋을지 생각하는 것 같았다.

"내가 없어지면 우리 집 식구들은 모두 기뻐할 거예요. 모두들 한시름 놓을 거라구요. 글로리아 누나랑 안또니오 형 사이에 누나가 한 명 더 있었는데 북쪽에 양녀로 줘 버렸어요. 그래서 그 누나는 지금 부자 사촌네랑 같이 살면서 공부해요. 이제 다 컸어요."

그는 계속 잠자코 있었다. 두 눈에는 눈물이 가득 고여 있었다.

"만약 아빠가 안 주겠다고 하면 날 사겠다고 하세요. 아빠 돈이 한 푼도 없으시거든요. 아빠는 분명히 날 팔 거예요. 만약에 돈을 많이 달라고 하면 자꿉 아저씨가 물건 팔 때처럼 나눠서 내도 될 거예요……."

그가 계속해서 아무 말도 하지 않아 나는 제자리로 돌아누웠다.

"있잖아요, 뽀르뚜가! 나를 아들로 삼기 싫다고 해도 상관없어요. 당신을 울리려고 한 말은 아니었어요."

그는 아주 천천히 내 머리를 쓰다듬어 주었다.

"그래서 그런 게 아니다, 얘야. 그런 게 아니야. 인생이란 생각처럼 그렇게 쉬운 게 아니야. 하지만 한 가지 약속하마. 네 말대로 하고 싶기는 한데 너를 네 엄마 아빠한테서 데려올 수

는 없어. 그건 옳은 일이 아니야. 지금까지도 널 아들처럼 사랑
해 왔지만 앞으로는 진짜 친아들로 대해 주마."

나는 너무 기뻐 몸을 벌떡 일으켰다.

"정말이에요, 뽀르뚜가?"

"네가 잘 쓰는 말이지만, 맹세하마."

나는 우리 가족에게도 좀처럼 하지 않는 행동을 했다. 그의
커다랗고 부드러운 얼굴에 입을 맞췄다.

6. 사랑의 조각들

"같이 이야기하고, 말처럼 탈 수 있는 나무가 하나도 없었어요, 뽀르뚜가?"

"하나도."

"그땐 당신도 어린애였잖아요?"

"그랬지. 하지만 모든 아이들이 나무를 이해하는 행운을 얻는 건 아니잖아? 마찬가지로 모든 나무들이 말하는 것을 좋아하는 것도 아니야."

뽀르뚜가는 다정하게 웃어 보이며 말을 이었어.

"나무라고도 할 수 없었어. 포도 넝쿨이지. 네가 묻기 전에 알려 주마. 넝쿨은 포도의 줄기를 말하는 거야. 포도가 열리는 나무 말이야. 굵은 줄기가 구불구불 올라가는 나무지. 그것들이 정말 아름다운 때는 수확기야. (아저씨는 수확기가 무엇인지 설명해 주었어.) 그리고 포도주는 착즙기로 짜내지. (그리고 다시 착즙기에 대해 설명해 주었어.)"

이렇게 아저씨는 새로운 단어가 나오면 자신이 알고 있는 많은 것들을 설명해 주었어. 에드문두 아저씨처럼 아주 능숙하게.

"더 얘기해 주세요."

"재미있니?"

"굉장히 재미있어요. 할 수만 있으면 팔십오만이천 킬로미터를 쉬지 않고 달리면서 당신하고 얘기하고 싶어요."

"그럼 기름이 많이 들 텐데?"

"그게 문제예요."

그는 풀을 가리키며 겨울엔 건초가 되고 치즈도 만들게 해 준다고 말했어. 아참, 그는 '치즈'를 '치쯔'라고 발음해. 아저씨는 어떤 말들을 포르투갈식으로 발음하는데 그게 더 멋있게 들려.

그는 설명을 멈추고 한숨을 내쉬었어.

"하루 빨리 고향으로 돌아가고 싶어. 조용하고 아늑한 그곳에서 내 여생을 보내고 싶어. 필랴델라야. 그곳은 포르투갈의 아름다운 뜨라스-우스-몬테스 지역 몽헤알 근처에 있어."

그때서야 나는 아저씨가 아빠보다 나이가 많다는 걸 알아차렸어. 그런데 아저씨 얼굴은 뚱뚱해서 그런지 주름살도 별로 없고 윤기가 흐른다니까. 아무튼 묘한 기분이 들었어.

"진심이에요?"

내가 섭섭해한다는 것을 눈치챘나 봐.

"바보야, 한참 나중 얘기야. 어쩌면 내 생전에 이루어지지 않을지도 몰라."

"저는요? 당신하고 이렇게 친해지는 게 얼마나 힘들었는데요?"

바보같이 내 눈에는 눈물이 가득 고였어.

"하지만 사람이라면 가끔 꿈을 꿀 수도 있는 거잖아?"

"당신 꿈속에 내가 없단 말이에요?"

그는 흡족해서 웃었어.

"뽀르뚜가, 당신은 내가 꾸는 모든 꿈에 나온단 말이에요.

톰 믹스나 프레드 톰슨하고 초록빛 평원을 달릴 땐 당신이 지치지 않도록 역마차를 빌린 적도 있어요. 내가 어딜 가든지 당신은 언제나 함께 가요. 그런데 가끔 수업 시간에 교실문을 보고 있으면 언젠가 당신이 찾아와서 작별 인사를 할 것 같은 느낌이 들어요."

"맙소사! 너처럼 정이 많은 아이는 처음 봤다. 하지만 나한테 너무 정을 붙여도 안 돼, 알겠니?"

나는 밍기뉴에게 이런 얘기들을 해 주고 있었다. 밍기뉴는 나보다 더 이야기에 폭 빠져 있었다.

"하지만, 슈르르까. 그는 내 아빠가 된 뒤로 고슴도치 아빠처럼 돼 버렸어. 내가 하는 일은 뭐든지 다 귀엽다고 생각해. 그런데 다른 어른들처럼 얘기하지는 않아. 다른 사람들은 모두 내가 잘 나갈 거래. 하지만 이렇게 집에만 있잖아."

나는 밍기뉴를 사랑스런 눈으로 쳐다보았다. 그리고 내가 사랑을 준 것만큼 언제나 사랑을 되받고 있다는 것을 깨달았다.

"있잖아, 밍기뉴, 난 애를 열두 명 낳을 거야. 거기다 열두 명을 또 낳을 거야, 알겠니? 우선 첫 번째 열두 명은 모두 꼬마로 그냥 있게 할 거고 절대 안 때릴래. 그리고 다음 열두 명은 어른으로 키울 거야. 그리고 애들한테 이렇게 물어봐야지. 넌 이 다음에 커서 뭐가 될래? 나무꾼? 그럼, 좋아. 여기 도끼하고 체크 무늬 셔츠가 있다. 넌 서커스단의 조련사가 되고 싶다고? 알겠다. 여기 채찍과 제복이 있다⋯⋯."

"그럼 크리스마스엔? 그렇게 애들이 많은데 다 어떡할 거야?"

밍기뉴는 걱정도 많지. 그렇다고 이 순간에 말을 끊다니.

"크리스마스가 되면 난 돈을 많이 벌어서 밤이랑 헤이즐넛을 한 트럭 살 거야. 호도랑 무화과 열매랑 건포도도. 장난감은 너무 많아서 가난한 이웃 친구들한테 빌려줄 정도가 될걸. 이다음에 크면 부자가 될 거야. 엄청난 부자. 거기다 복권도 당첨될 거고⋯⋯."

밍기뉴를 흘겨보며 내 말을 가로챈 것을 꾸짖었다.

"애들 얘기 좀 끝내자. 그래, 애야, 넌 카우보이가 되겠다고? 여기 안장하고 채찍이 있다. 망가라치바의 기관사가 되겠다고? 여기 모자랑 호루라기가 있다⋯⋯."

"호루라기가 어떻다고, 제제? 그렇게 늘 혼자 중얼대다가 너 미쳐 버리겠다."

또또까 형이 다가와 내 곁에 앉았다. 그리고 은근한 미소를 지으며 병뚜껑과 헝겊으로 장식된 내 라임오렌지나무를 들여다 보았다. 무언가 얻어내려는 속셈이 있는 게 뻔했다.

"제제, 사백 헤이스만 빌려줄래?"

"싫어."

"너 돈 있잖아, 그렇지?"

"있어."

"근데 어디에 쓸 거냐고 물어보지도 않고 무작정 빌려주기 싫다고 그러는 거야?"

"뜨라스-우스-몬테스로 여행 가려면 돈을 많이 모아 놔야 돼."

"그건 또 무슨 말라비틀어진 소리냐?"

"말 못해."

"그래, 너 혼자 잘 먹고 잘 살아라."

"그럴 거야. 그래도 사백 헤이스는 못 빌려줘."

"넌 구슬 따먹기 왕이잖아. 백발백중이잖아. 내일 구슬치기 해 가지고 많이 따서 팔면 되잖아. 그럼 순식간에 그까짓 사백 헤이스는 벌 텐데."

"그래도 싫어. 나한테 시비 걸지 마. 아무한테도 집적거리지 않고 얌전히 있으니까."

"나도 싸우기 싫어. 그런데 우리 집 식구 중에서 내가 가장 좋아하는데 동생이 그렇게 감정도 없는 괴물로 변한 거야."

"괴물이 아냐. 감정 없는 혈거인이지."

"뭐라고?"

"혈거인. 에드문두 아저씨가 잡지에 난 사진을 보여 줬어. 그건 손에 막대기를 든 털북숭이 원숭이야. 아주 먼 옛날에 동굴에 살았던 사람인데. 으…… 어…… 뭐더라……. 동굴 이름은 잘 생각이 안 나. 외국말이라 까먹었어. 너무 어려워서……."

"에드문두 아저씨는 네 머릿속에 그런 거지 같은 걸 좀 그만 넣어야 돼. 그나저나 돈 빌려줄 거지?"

"돈이 있는지 없는지도 몰라."

"너무한다, 제제. 우리가 같이 구두닦이 할 때, 너가 일을 하나도 안 했는데 내가 돈을 나눠 준 거 기억 안 나? 또 네가 지쳤을 때 네 구두닦이 통을 얼마나 많이 들어 줬냐?"

그건 사실이었다. 또또까 형은 내게 그렇게 나쁜 짓을 많이 하지는 않았다. 나는 내가 결국에는 빌려주리라는 것을 알고 있었다.

"돈 빌려주면 놀라운 소식 두 가지 알려 줄게."

나는 잠자코 있었다.

"네 라임오렌지나무가 내 따마린두나무보다 훨씬 예쁘다

고 말해 줄게."

"정말 그렇게 말할 거야?"

"이미 말했잖아."

나는 주머니에 손을 넣고 동전을 흔들었다.

"그럼 그 두 가지 말해 봐."

"있잖아, 제제. 우린 더 이상 가난하게 살지 않아도 돼. 아빠가 산뚜알레이슈 공장 지배인으로 가게 됐거든. 우린 다시 부자가 되는 거야. 으하하! 넌 기쁘지 않냐?"

"기뻐. 아빠한테는 잘된 일이야. 그런데 난 방구시를 안 떠날 거야. 난 진지냐 할머니네서 살래. 여기서 살다가 뜨라스-우스-몬테스로 갈 테야……."

"알겠어. 넌 우리랑 같이 가느니 차라리 진지냐 할머니네서 따분하게 살겠다, 이거지?"

"응. 형은 죽어도 그 이유를 알 수 없을 거야. 또 하나는 뭐야?"

"여기선 얘기 못해. 들으면 안 되는 사람이 하나 있거든."

우리는 그곳을 떠나 화장실 옆으로 갔다. 그래도 형은 최대한 작은 소리로 소곤거렸다.

"너한테 알려 줄 게 있어, 제제. 마음을 단단히 먹으라고.

시청에서 길을 넓힌대. 모든 집의 뒤뜰까지 길을 넓힌대."

"그래서?"

"영리한 애가 아직도 감을 못 잡았어? 길을 넓히려면 저기 있는 모든 걸 뒤엎어야 돼."

형은 내 라임오렌지나무가 있는 쪽을 가리켰다. 나는 울 듯이 입을 삐죽이 내밀었다.

"거짓말이지, 형? 그렇지?"

"그렇게 울려고 할 것까진 없어. 아직 멀었으니까."

내 손가락들은 신경질적으로 주머니 속의 동전들을 셌다.

"거짓말이야. 그렇지, 또또까 형?"

"아냐. 진짜야. 하지만 너 사나이야, 아니야?"

"사나이야."

그래도 바보처럼 눈물이 흘러내리는 건 어쩔 수가 없었다. 난 형의 허리를 부여잡고 애원했다.

"형은 내 편이 될 거지? 그렇지, 또또까 형? 사람들을 모아서 함께 싸울 거야. 아무도 내 라임오렌지나무를 자르지 못하게 할 거란 말이야."

"그래. 우리가 막자. 그러니까 이젠 돈 좀 빌려줘."

"뭐 할 건데?"

"너 아직 방구 극장에 못 가지? 거기서 〈타잔〉 영화 하는데. 보고 와서 얘기해 줄게."

난 오백 헤이스짜리 동전을 꺼냈다. 그리고 셔츠 자락으로 눈물을 훔치며 돈을 건넸다.

"거스름돈은 형 가져. 사탕 사 먹어."

그리고 라임오렌지나무 앞으로 갔다. 말할 기분이 들지 않아 〈타잔〉 영화에 대해서만 생각했다. 난 어제 이미 그 영화를 봤다. 뽀르뚜가에게 부탁했던 것이다.

"가고 싶니?"

"가고 싶은 마음은 굴뚝같지만 방구 극장 출입금지인데요, 뭘."

그리고 못 들어가는 이유를 상기시켜 주었다. 그는 웃었다.

"그 영리한 머리로도 아직 방법을 못 짜냈어?"

"못 짰어요, 뽀르뚜가. 하지만 어른이랑 같이 가면 아무도 뭐라고 안 할 것 같은데."

"그 어른이 나였으면 하는 것이 네가 바라는 거지?"

내 얼굴은 기쁨으로 활짝 개었다.

"이를 어쩐다. 난 일을 해야 하는데, 애야."

"이 시간엔 붐비지도 않아요. 사람들하고 얘기하거나 차에서 조는 대신에 표범이랑 악어랑 고릴라랑 싸우는 타잔 보러 가요! 누가 나오는 줄 아세요? 프랭크 메릴*이래요."

여전히 그는 주저했다.

"넌 망나니잖아. 만사에 잔꾀도 많고."

"딱 두 시간밖에 안 걸려요. 그리고 당신은 돈이 많잖아요, 뽀르뚜가?"

"좋다, 가자. 하지만 걸어서 가자. 난 차를 여기 주차장에 세워 놓을 테니까."

우리는 극장으로 갔다. 매표소의 아가씨가 내게 일 년 동안 출입금지 명령이 내려졌다고 말했다.

"내가 저 애를 책임지겠소. 그리고 그건 벌써 오래 전 일이에요. 이젠 저 애도 철이 들었어요."

매표원이 나를 쳐다보았을 때 나는 그녀를 향해 웃어 보였다. 그리고 손끝에 키스를 실어 그녀에게 날려 보냈다.

"명심해, 제제. 네가 장난을 치면 난 일자리를 잃게 돼."

이 이야기는 밍기뉴에게 하고 싶지 않았다. 하지만 얼마 못 가서 털어놓고 말았다.

• 1920년대 〈타잔〉 시리즈 영화에서 주인공을 맡아 인기를 얻은 배우.

7. 망가라치바

쎄실리아 빠임 선생님은 아무나 나와 자기가 지은 문장을 칠판에 적어 보라고 하셨다. 그러나 아무도 감히 나갈 생각을 하지 못했다. 그때 문득 좋은 문장이 떠올라 손을 들었다.

"제제, 나와서 해 보겠니?"

나는 책상에서 일어나 칠판 앞으로 걸어나갔다. 선생님의 칭찬에 기분이 우쭐해졌다.

"여러분 보세요! 반에서 가장 어린 학생이잖아요."

내 팔은 칠판 중간에도 닿지 않았다. 분필을 집어 최대한 멋을 부려 글씨를 썼다.

'머지않아 방학이 시작됩니다.'

틀린 글자가 없나 하여 선생님을 쳐다보았다. 선생님은 흐뭇한 웃음을 지었다. 탁자 위에는 빈 병이 놓여 있었다. 비어 있는 병. 하지만 선생님이 말한 것처럼 늘 상상의 장미가 꽂혀 있는 병이었다. 선생님이 저렇게 못생기지만 않았더라도 꽃을 가져오는 학생이 이렇게까지 없지는 않았을 것이다.

난 내가 쓴 문장에 만족해서 자리로 돌아왔다. 방학이 되면 뽀르뚜가와 더 자주 드라이브를 갈 수 있었기 때문이었다. 그 다음에도 글짓기를 하겠다고 나선 아이들이 몇몇 있었다. 그러나 내가 단연 으뜸이었다.

누군가가 선생님의 허락을 받고 교실로 들어왔다. 지각을 한 제로니무였다. 그 애는 엉거주춤 들어와서는 바로 내 뒷자리에 앉았다. 그리고 책을 꺼내 시끄럽게 책상 위에 올려놓고 옆 아이에게 말을 걸었다. 난 들으려고 하지 않았다. 커서 만물박사가 되기 위해 열심히 공부만 할 작정이었다. 그러나 소곤대는 말 가운데 내 신경을 곤두서게 하는 것이 있었다. 망가라치바에 대한 이야기였다.

"차를 들이받았다고?"

"그래, 큰 차 있잖아. 마누엘 발라다리스 아저씨 차!"

나는 깜짝 놀라 뒤돌아보았다.

"뭐라고?"

"망가라치바가 쉬따 건널목에서 포르투갈 사람 차를 들이받았어. 그래서 지각한 거야. 기차가 차를 완전히 박살냈어. 사람들이 엄청 몰려왔어. 헤알렝고시 소방차까지 왔었다니까."

식은땀이 흐르고 눈앞이 깜깜해졌다.

제로니무는 계속 옆 아이의 물음에 답하고 있었다.

"그 사람이 죽었는지는 잘 몰라. 어린애들은 가까이 가지 못하게 했으니까."

나도 모르게 자리를 박차고 일어섰다. 식은땀이 온몸을 적셨고 토하고 싶었다. 나는 책상을 벗어나 문으로 다가갔다. 창백한 내 얼굴을 보고 다가온 쎄실리아 빠임 선생님의 얼굴도 알아보지 못했다.

"왜 그러니, 제제?"

난 대답할 수가 없었다. 눈에서는 눈물이 솟았다. 나는 미친 듯이 달리기 시작했다. 교장실 근처에서도 상관 않고 계속 달렸다. 거리에 나와서도 히우-쌍빠울루 고속도로고 뭐고 다 잊고 달렸다. 단지 그곳에 빨리 도착해야겠다는 마음으로 무작정 달렸다. 위보다도 가슴이 더 아팠다. 까지나 길도 단숨에 달려 빠져나왔다. 빵집에 이르러 제로니무의 말이 거짓이기를 빌며 세워놓은 차들을 살펴보았다. 그러나 그곳에 우리의 차는 없었다. 나도 모르게 신음소리가 새어 나왔다. 다시 달리려는데 라디스라우 아저씨의 팔이 거세게 나를 낚아챘다.

"어디 가니, 제제?"

내 얼굴은 눈물로 범벅이 되어 있었다.

"거기에 갈래요!"

"가선 안 된다."

미친 듯이 발버둥을 쳤지만 그의 팔에서 빠져나올 수가 없었다.

"진정해라, 얘야. 넌 거기 가면 안 돼."

"망가라치바가 아저씨를 죽였죠?"

"아니야. 구조대가 금방 왔어. 차는 많이 부서졌는데⋯⋯."

"거짓말하지 마세요."

"무엇 때문에 거짓말을 하겠니? 기차가 차를 들이받았다고 했잖아. 그러니까 그 사람이 면회를 받아도 될 정도로 회복하면 내가 널 병원에 데려다주마. 약속할게. 자, 이젠 음료수나 좀 마시자."

그는 손수건을 꺼내 내 땀을 닦아 주었다.

"토하고 싶어요."

내가 벽에 기대자 그는 내 머리를 잡아 주었다.

"이제 좀 괜찮니, 제제?"

고개를 끄덕였다.

"집에 데려다줄까?"

난 머리를 저었다. 그리고 넋을 놓고 천천히 걷기 시작했다. 나는 모든 것을 알아챘다. 망가라치바는 아무도 봐주지 않는다. 세상에서 가장 힘이 센 기차였다.

나는 두세 번을 더 토했다. 그러나 이런 나를 걱정하는 사람은 아무도 없었다. 이제 이 세상에서 나를 걱정해 줄 사람은 아무도 없었다.

나는 학교로 돌아가지 않았다. 발길이 닿는 대로 걸었다. 때론 엉엉 울다가 교복 소맷자락으로 얼굴을 닦았다. 이젠 다시는 나의 뽀르뚜가를 볼 수 없게 된 것이었다. 더 이상. 그는 가 버린 것이다. 나는 걷고 또 걸었다. 그가 뽀르뚜가라고 부르도록 허락하고 차에 매달리게 해 준 곳에 멈춰 섰다. 나무 뿌리에 주저앉아 얼굴을 무릎에 파묻고 몸을 웅크렸다.

생각하지도 못한 분노가 터져 나왔다.

"아기 예수, 넌 나쁜 애야. 이번에야말로 네가 하느님이 돼서 태어날 줄 알았는데. 왜 나한테 이런 짓을 하는 거야? 넌 왜 다른 애들은 좋아하면서 나는 좋아하지 않는 거야? 내가 얼마나 착해졌는데. 이제 싸움도 안 하고, 욕도 안 하고 공부만 열심히 하는데. 볼기짝이란 말도 이제 안 한단 말이야. 그런데 아기 예수, 넌 왜 나한테 이런 짓을 하는 거야? 내 라임오렌지나무를 자른다고 했을 때도 화 안 냈어. 그냥 조금 울었을 뿐이야……. 이젠 어떡해. 이젠 어떡하냐고!"

눈물이 봇물 터지듯 쏟아져 내렸다.

"아기 예수, 내 뽀르뚜가를 돌려줘. 내 뽀르뚜가를 다시 달란 말이야……."

그러자 아주 부드럽고 다정한 목소리가 내 가슴을 향해 말을 걸었다. 아마 내가 걸터앉았던 나무의 목소리 같았다.

"울지 마라, 애야. 그는 하늘 나라로 갔단다."

밤이 되었다. 더 이상 토할 기운도 울 기운도 없어 엘레나 빌라스보아스 아줌마네 현관 계단에 앉아 있는데 또또까 형이 나를 발견했다.

형이 내게 말을 걸었지만 난 신음 소리밖에 낼 수 없었다.

"왜 그래, 제제! 말 좀 해 봐."

그러나 난 계속 낮은 신음 소리만 냈다. 그러자 또또까 형이 내 이마를 짚어 보았다.

"완전히 불덩이네. 무슨 일이야, 제제? 이리 와. 집에 가자. 내가 천천히 데리고 가 줄게."

신음 속에서 나는 겨우 입을 열었다.

"그냥 내버려 둬, 형. 나 이제 그 집엔 안 갈 거야."

"집에 가야지. 우리 집이잖아."

"난 그 집하고 상관없어. 모든 게 끝이야."

형은 나를 일으켜 세우려다가 내가 전혀 기운이 없다는 것을 알았다. 그러자 내 한쪽 팔을 자신의 목에 두르고 허리를 안았다. 그리고 나를 집까지 데려와 침대에 눕혀 주었다.

"잔디라 누나! 글로리아 누나! 모두들 어디 있어?"

형은 알라이데 집에서 이야기를 하고 있던 잔디라 누나를 발견했다.

"잔디라 누나, 제제가 굉장히 아픈가 봐."

그녀는 투덜거리며 집으로 돌아왔다.

"또 시작이군. 사랑의 매를 맞아야……."

그러자 또또까 형은 누나에게 신경질을 내며 방으로 들어왔다.

"아니야, 누나. 이번엔 굉장히 아픈 것 같아. 죽을지도 몰라."

***

난 사흘 밤낮을 아무것도 먹지 못했다. 열은 나를 집어삼킬 듯 심했고 먹고 마시면 곧바로 토해 버렸다. 나는 점점 야위어 갔다. 나는 몇 시간이고 꼼짝 않고 벽만 쳐다보았다. 주위에서 이야기 소리가 들렸지만 대답하기가 싫었다. 아무 말도 하고 싶지 않았다. 그냥 하늘로 가고만 싶었다.

글로리아 누나는 아예 내 방으로 옮겨와 내 곁에서 밤을 지 샜다. 불도 끄지 못하게 했다. 모두들 내게 잘해 주었다. 진지 냐 할머니까지 우리 집에 와서 며칠을 보냈다. 또또까 형은 가 끔 내게 와서 눈을 치켜 뜨며 이렇게 말했다.

"거짓말이었어, 제제. 날 믿어 줘. 내가 장난친 거야. 도로 확장 공사 같은 건 하지 않아."

집안은 죽음의 장막이 내린 것처럼 조용했다. 아무도 소리 를 내지 않았다. 모두들 소곤소곤 이야기했다. 엄마는 거의 매 일 내 곁에서 밤을 새웠다. 아무리 그래도 난 뽀르뚜가를 잊을 수가 없었다. 그의 웃음 소리. 특이한 억양. 창 밖의 귀뚜라미까지 쓰윽, 쓰윽 그의 면도 소리를 흉내 내고 있었다. 그에 대한 생각을 떨쳐 버릴 수가 없었다. 이제는 아픔이 무엇인지 알 것 같았다. 매를 많이 맞아서 생긴 아픔이 아니었다. 병원에서 유리 조각에 찔린 곳을 바늘로 꿰맬 때의 느낌도 아니었다. 아픔이란 가슴 전체가 모두 아린, 그런 것이었다. 아무에게도 비밀을 말하지 못한 채 모든 것을 가슴속에 간직하고 죽어야 하는 그런 것이었다. 팔과 머리의 기운을 앗아 가고, 베개 위에서 고개를 돌리고 싶은 마음조차 사라지게 하는 그런 것이었다.

상태는 더욱 악화되었다. 나는 뼈마디가 앙상하게 드러날 정도였다. 의사를 불렀다. 파울랴베르 박사가 와서 나를 진찰했다. 그는 한눈에 나의 상태를 알아보았다.

"쇼크예요. 정신적으로 아주 큰 충격을 받았습니다. 이 충격을 이겨 내야만 일어날 수 있어요."

글로리아 누나는 그를 밖으로 데리고 나가 말했다.

"맞아요. 충격을 받았어요, 선생님. 자기 라임오렌지나무가 잘린다는 얘길 듣고부터 저래요."

"그럼 그게 사실이 아니라는 것을 확신시켜야 돼요."

"별의별 얘기를 다 해 봤는데 믿으려고 하지 않아요. 저 애한테는 오렌지나무가 사람이나 마찬가지예요. 조금 특별한 아이예요. 감수성이 굉장히 예민하고 조숙하거든요."

나는 그 말을 모두 알아들었지만 살고 싶은 생각은 들지 않았다. 하늘 나라로 가고 싶어도 살아 있는 사람들은 그곳에 갈 수가 없었다.

약을 먹었으나 그래도 계속 토했다.

그 즈음 이상한 일들이 일어났다. 동네 사람들이 줄지어 문병을 온 것이다. 그들은 내가 인간의 탈을 쓴 악마였다는 사실을 잊은 것 같았다. '재난과 기아' 상점 주인은 '늘어진 마리아' 젤리를 갖다주었고, 에우제니아 아줌마는 달걀을 가져와 토를 하는 내 배를 낫게 해달라며 기도해 주었다.

"빠울루 씨네 아들이 죽어가고 있습니다……."

모두들 듣기 좋은 말만 해 주었다.

"빨리 나아야 된다, 제제. 네가 망나니 짓을 안 하니까 거리가 온통 슬픔에 잠긴 것 같지 뭐냐."

쎄실리아 빠임 선생님도 내 가방과 꽃 한 송이를 들고 왔다. 그것들을 보자 다시 눈물이 쏟아졌다. 선생님은 내가 어떻게 뛰어나갔는지를 설명했다. 그러나 선생님이 아는 것이라고는 단지 그것뿐이었다.

가장 슬퍼한 사람은 아리오발두 아저씨였다. 나는 그의 목소리를 알아들었지만 자는 척했다.

"그 애가 깰 때까지 밖에서 기다리시죠."

그는 앉아서 글로리아 누나에게 이야기했다.

"들어 보세요, 아가씨. 여기를 찾으려고 집집마다 일일이 물으며 다녔어요."

그러고는 슬프게 울먹였다.

"내 어린 천사가 죽으면 안 됩니다. 정말 안 돼요. 제발 죽게 내버려 두지 마세요, 아가씨. 저 애가 제 악보를 가져다 준 사람이 아가씨 맞죠, 아니에요?"

글로리아 누나는 거의 대답을 못할 지경이 되었다.

"저 꼬마는 정말 죽으면 안 됩니다, 아가씨. 저 애한테 몹쓸 일이 생기면, 이 따위 변두리 마을엔 절대 오지 않겠습니다."

그는 방으로 들어와서 내 곁에 앉아 내 손을 자기 얼굴에 비벼 댔다.

"눈을 떠 봐라, 제제. 빨리 나아야지. 그래서 나랑 다니며 노래를 불러야 할 것 아니냐. 난 악보를 거의 하나도 팔지 못했어. 사람마다 물어본단다. '어이, 아리오발두, 그 카나리아는 어디 간 거요?' 빨리 나을 거라고 약속하자, 응?"

아직도 눈물이 남아 있었는지 눈에서 눈물이 흘렀다. 글로리아 누나는 내가 다시 흥분하려고 하자 아저씨를 밖으로 데리고 나갔다.

***

나는 나아지기 시작했다. 조금씩 마실 수도 있었고 토하지도 않았다. 그래도 그에 대한 기억을 더듬을 때면 열이 오르고, 토하고, 식은 땀을 흘리며 떨었다. 어떤 때는 망가라치바가 나는 듯이 지나가며 그를 덮치는 광경을 떨쳐낼 수가 없었다. 그래서 아기 예수에게 만약 나를 눈곱만치라도 좋아했다면 뽀르뚜가가 아무런 아픔 없이 저세상으로 가게 해달라고 계속 부탁했다.

글로리아 누나가 내 곁으로 와 머리를 쓰다듬어 주었다.

"울지 마, 아가. 다 잊게 돼. 너만 좋다면 내 망고나무를 줄게. 그 나무는 아무도 건드리지 못할 거야."

열매도 열리지 않고 늙은 데다 볼품도 없는 그런 망고나무를 어디다 써먹을까? 하기는 내 라임오렌지나무도 곧 매력을 잃고 다른 나무처럼 되고 말겠지. 그것도 사람들이 그 불쌍한 나무에게 늙어 갈 시간과 기회를 줄 때나 가능한 일이지만 말이다.

어떤 이들에겐 죽는다는 게 얼마나 쉬운 일인가? 몹쓸 기차가 한번 지나가면 그만이잖아. 그런데 왜 내가 하늘 나라에 가는 것은 이다지 어려운 걸까? 내가 가지 못하도록 모두들 내 다리를 붙잡고 있나 봐.

글로리아 누나의 정성 어린 보살핌으로 나는 겨우 말할 수 있을 정도가 되었다. 아빠는 밤에 외출하는 일마저 그만두었다. 또또까 형은 양심의 가책이 심하여 여윌 정도였다. 그 때문에 잔드라 누나에게 핀잔을 듣기도 했다.

"아픈 사람은 하나면 충분하잖아, 안또니우?"

"누나가 내 심정을 몰라서 그래. 쟤한테 얘기해 준 사람이 나야. 저 애가 하염없이 울던 모습이 꿈에도 나온단 말이야."

"그렇다고 너까지 울면 안 되지. 넌 이제 다 컸어. 그리고 저 앤 살아날 거야. 그러니까 이제 그만 좀 하고 '재난과 기아' 상점에 가서 연유 한 통만 사 와."

"그럼 돈을 줘. 이제 아빠 앞으론 외상 안 준대."

몸이 약해져서인지 계속 잠이 쏟아졌다. 밤인지 낮인지도 분간하기가 힘들었다. 열은 조금씩 내렸고 식은 땀과 몸 떨림도 점점 가라앉았다.

눈을 뜨자 어둠 속에서 잠시도 내 곁을 떠나지 않는 글로리아 누나가 보였다. 누나는 흔들의자를 방에 들여놓고 피로를 이기지 못할 땐 그 위에서 잠들기도 했다.

"누나, 벌써 밤이야?"

"거의 그래, 아가야."

"창문 좀 열어 줘."

"머리 아프지 않을까?"

"괜찮을 거야."

빛이 스며들었다. 아름다운 하늘 조각이 보였다. 하늘을 바라보았다. 다시 눈물이 솟기 시작했다.

"왜 그래, 제제! 아주 멋진 하늘이잖아. 아주 파란 하늘. 아기 예수가 너를 위해 꾸몄대. 오늘 아기 예수가 나한테 그랬어."

하늘이 내게 무엇을 의미하는지 누나는 모르고 있었다.

누나는 내 곁에 기대어 내 손을 잡고 나의 기분을 북돋우려고 애썼다. 누나는 많이 야위고 지쳐 있었다.

"있잖아, 제제. 조금만 있으면 다 나을 거야. 그러면 연도 날리고, 구슬도 산더미처럼 따고, 밍기뉴도 올라타고 그러자. 네가 옛날처럼 노래도 부르고 나한테 악보도 갖다 줬으면 좋겠어. 얼마나 멋진 일이니? 우리 동네가 얼마나 쓸쓸해졌는지 알아? 모두들 거리를 쏘다니며 장난 치던 너를 그리워해. 그러니까 너도 노력해야 해. 어서 기운을 차리고 자리에서 일어나야지."

"있잖아, 누나. 난 더 살고 싶지 않아. 다 나으면 다시 나쁜 아이가 될 거야. 누나는 몰라. 누구를 위해 착해져야겠다고 마음 먹을, 그럴 사람이 이젠 없어."

"착해질 필요 없어. 그냥 네가 늘 그랬듯이 어린애이기만 하면 되는 거야."

"그래서 뭐 어쩌게, 누나? 모두들 날 막 때리라고? 모든 사람들이 날 못살게 굴라고?"

누나는 양 손에 내 얼굴을 받치고 단호하게 말했다.

"있잖아, 아가. 내가 한 가지 맹세할게. 네가 낫게 되면 아무도, 그 누구도, 하느님이라도 너한테 손끝 하나 대지 못하게 할게. 내가 송장이 되기 전에는 절대 안 돼. 내 말 믿지?"

나는 알았다는 듯 '음' 하고 소리를 냈다.

"그런데 송장이 뭐야?"

오랜만에 누나의 얼굴이 기쁨으로 활짝 개었다. 그리고 웃었다. 어려운 단어에 관심을 보인다는 것은 내가 다시 살아나고 있다는 것을 의미하기 때문이었다.

"송장이란 죽은 사람, 그러니까 시체와 같은 거야. 하지만 지금 분위기랑은 별로 안 어울리니까 이 얘기는 그만두자."

내 생각도 누나와 같았다. 그러나 그가 벌써 며칠째 송장이라는 것을 생각하지 않을 수 없었다. 글로리아 누나는 내게 여러 가지 약속을 하며 계속 말을 붙였다. 하지만 난 그의 파랑새와 카나리아를 생각하고 있었다. 어떻게 됐을까? 불꽃머리 오를란두 아저씨네 꾸리오 새처럼 슬퍼서 죽었을지도 몰라. 새장에서 풀어 주었을지도 몰라. 그건 죽이는 거나 마찬가지인데. 그 새들은 날지도 못하니까. 아이들이 새총으로 쏠 때까지 바보처럼 오렌지나무에 앉아 있다가 새총에 맞았을 거야. 지꾸가 돈이 없어 풍금조 새집을 열어 주었을 때는 얼마나 끔찍했던지. 아이들 새총질에 살아남은 새가 한 마리도 없었어.

집안이 정상적인 리듬을 되찾고 있었다. 곳곳에서 떠들썩한 소리가 들렸고 엄마도 다시 일을 하러 나갔다. 흔들의자도 예전에 놓여 있던 응접실로 돌아갔다. 하지만 글로리아 누나는 여전히 자리를 지켰다. 내가 자리를 털고 일어나지 않는 한 내 곁을 떠나지 않을 것 같았다.

"이 국물 좀 마셔 봐, 아가. 잔디라 누나가 너한테 닭고기

국을 만들어 주려고 검은 암탉을 잡았어. 냄새 참 좋지?"

그리고 입으로 후후 불어 국을 식혔다.

'너도 나처럼 빵을 커피에 담가서 먹어 봐. 하지만 삼킬 때 소리를 내서는 안 돼. 보기 흉하거든.'

"갑자기 왜 그러니, 아가? 검은 암탉을 죽였다고 우는 것은 아니지? 늙은 닭이었잖아. 너무 늙어서 알도 낳지 못했는데……."

'내가 사는 데를 알아내려고 꽤 애를 썼겠구나?'

"너희들이 동물원 놀이할 때 그 닭이 검은 표범이라는 걸 나도 알아. 그것보다 훨씬 더 무서운 다른 검은 표범을 사면 되잖아."

'어떻게 된 거야, 이 도망쟁이야? 그동안 어디 가 있었어?'

"고도이아, 지금은 못 먹겠어. 먹으면 토할 것 같아."

"조금 있다가 줄게. 그땐 먹을 거지?"

그러자 많은 말들이 물거품처럼 입 밖으로 쏟아져 나왔다.

"아주 착하게 굴게요. 싸움도 안 하고, 욕도 안 하고 볼기짝이란 소리도 안 할게요. 당신과 늘 함께 있고 싶어요."

식구들은 내가 다시 밍기뉴와 이야기를 시작한 것으로 생각했는지 슬픈 얼굴로 나를 바라보았다.

***

처음에는 단지 창문을 부드럽게 긁는 소리였다. 그러나 이내 창문을 두드리는 소리로 바뀌었다. 창문 밖에서 부드러운 음성이 들려왔다.

"제제!"

나는 몸을 일으켜 나무 창살에 머리를 기댔다.

"누구니?"

"나야. 문 좀 열어 봐."

글로리아 누나를 깨우지 않으려고 창문 빗장을 소리 없이 잡아당겼다. 화려하게 장식한 밍기뉴가 마치 기적처럼 어둠 속에서 빛을 발하고 있었다.

"들어가도 돼?"

"들어오는 건 괜찮은데 소리내면 안 돼. 누나가 깨니까."

"깨우지 않겠다고 약속할게."

그가 창문을 넘어왔다. 나는 침대로 돌아왔다.

"내가 누굴 데려왔는지 알아? 얘도 같이 오겠다고 해서."

밍기뉴가 팔을 앞으로 펼치자 은빛 새 같은 것이 보였다.

"잘 안 보여, 밍기뉴."

"잘 봐. 너도 놀랄걸. 내가 은빛 깃털로 장식해 줬어. 예쁘지?"

"루씨아누! 너 굉장히 멋있다. 계속 그렇게 하고 다녀야겠다. 스또르끄 추장 이야기에 나오는 매인 줄 알았어."

나는 감격하여 그의 머리를 쓰다듬었다. 처음으로 그가 매우 온순하다는 것을 느꼈다. 박쥐들도 사랑해 주는 것을 좋아했다.

"너 다른 건 못 알아보는구나. 잘 살펴봐. 난 톰 믹스의 박차를 달고, 켄 마이나드의 모자를 쓰고, 프레드 톰슨의 쌍권총도 차고, 리처드 탈매지의 허리띠도 매고, 장화도 신었어. 그리고 아리오발두 씨가 네가 좋아하는 체크 무늬 셔츠도 빌려주었어."

"지금까지 본 것 중에 가장 멋져, 밍기뉴. 어떻게 그 많은 걸 다 빌렸니?"

"네가 아프다고 했더니 다 빌려주던데."

"네가 늘 그렇게 꾸미고 살 수 없다는 게 좀 아쉽다."

나는 밍기뉴가 자신에게 닥칠 운명을 알고 있나 싶어 걱정스런 눈빛으로 바라보았다. 그러나 아무 말도 하지 않았다.

밍기뉴가 내 침대 가장자리에 앉았다. 그의 눈은 사랑과 염려로 그득했다. 그는 내 앞으로 얼굴을 들이 밀었다.

"왜 그래, 슈르르까?"

"슈르르까는 너야, 밍기뉴."

"그럼 너는 꼬마 슈르르까야. 네가 주던 그 우정을 더 이상 바라면 안 될까?"

"그러지 마. 의사가 울지도 말고 흥분하지도 말랬어."

"나도 그건 싫어. 네가 너무 보고 싶어서 왔어. 그리고 네가 다시 건강해지고 기뻐하는 것을 보고 싶어. 살다 보면 다 잊혀져. 산책하려고 왔는데, 같이 갈래?"

"나 몸이 많이 약해졌어."

"맑은 공기를 마시면 병도 나을 거야. 내가 뛰어넘는 걸 도와줄게."

우리는 밖으로 나갔다.

"어디로 갈 건데?"

"수로로 놀러 가자."

"있잖아, 난 까빠네마 공작 거리에는 별로 가고 싶지 않아. 거긴 영영 못 지나다닐 것 같아."

"그럼 아수데스 거리로 해서 끝까지 가자."

그러자 밍기뉴는 날아다니는 말로 변했다. 루씨아누는 즐거운 듯 내 어깨에 앉아 있었다.

밍기뉴는 내가 수로의 굵은 수도관 위에서 균형을 잡을 수 있도록 손을 잡아 주었다. 수도관에 뚫린 구멍에서 물줄기가 분수처럼 솟아 우리의 발바닥을 간지럽게 적셨다. 좀 어지러웠지만 밍기뉴가 마련해 준 기쁨으로 이미 다 나은 기분이었다. 적어도 내 심장은 가볍게 뛰고 있었다.

갑자기 멀리서 기적 소리가 들려왔다.

"너 들었니, 밍기뉴?"

"멀리서 들리는 기적 소리야."

귀를 찢는 듯한 굉음이 점점 다가왔다. 기적 소리가 다시금 적막을 깨뜨렸다. 두려움이 온몸을 휘감았다.

"바로 그 놈이야, 밍기뉴. 망가라치바. 살인마."

기찻길 위를 달려오는 기차 바퀴소리는 더욱 무섭게 커졌다.

"올라와, 밍기뉴. 빨리 올라와, 밍기뉴."

밍기뉴는 번쩍이는 박차 때문에 수도관 위에서 균형을 잡지 못했다.

"올라와, 밍기뉴. 내 손을 잡아. 저 놈이 널 죽일 거야. 저게 너를 짓밟을 거야. 짓밟는다고. 널 조각내 버릴 거야."

밍기뉴가 간신히 수도관 위에 오르자 그 흉악한 기차가 기적을 울리고 연기를 내뿜으며 우리 옆을 스쳐 지났다.

"살인자! 살인자!"

기차는 선로 위를 빠르게 달려가며 껄껄 웃는 듯한 목소리로 말했다.

"내 잘못이 아니야. 내 잘못이 아니야······. 난 잘못이 없어······. 난 잘못이 없어······."

집 안의 모든 불이 켜지고 내 방에는 잠을 덜 깨 푸석한 얼굴들이 나타났다.

"나쁜 꿈을 꿨구나."

엄마는 나를 가슴에 안고 내 울음을 누르려는 듯 꼭 껴안았다.

"꿈이었어, 아가. 악몽을 꾼 거야."

나는 다시 토하기 시작했다. 글로리아 누나가 랄라 누나에게 말했다.

"쟤가 살인마라고 고함쳐서 깼어. '죽일 거야. 짓밟을 거야. 조각낼 거야'라고 그러잖아. 맙소사! 이 일이 언제나 끝나지······."

***

    그러나 그 일은 얼마 안 가 끝이 났다. 계속 살아가야 할 운명인 것 같았다.

    어느 날 아침 글로리아 누나가 환하게 웃는 얼굴이 되어 들어왔다. 난 침대에 앉아 고통과 슬픔으로 가득 찬 세상을 보고 있었다.

    "이것 봐, 제제!"

    누나의 손에는 작고 흰 꽃 한 송이가 들려 있었다.

    "밍기뉴가 피운 첫 번째 꽃이야. 그 애도 곧 어른 나무가 될 건가 봐. 그럼 오렌지도 주겠지."

    나는 흰 꽃을 손가락 사이에 끼우고 어루만졌다. 난 더 이상 울지 않았다. 밍기뉴는 이 꽃으로 내게 작별 인사를 전하고 있었다. 밍기뉴도 이제 내 꿈의 세계를 떠나 현실과 고통의 세계로 들어서고 있었다.

    "자, 이젠 죽을 좀 먹자. 그리고 어제처럼 집을 한 바퀴 도는 거야. 내가 곧 가져올게."

    그때 루이스 왕이 내 침대 위로 기어 올라왔다. 식구들은 이제 동생이 내 곁에 오는 것을 두고 뭐라 하지 않았다. 처음에는 나를 흥분시킬까 봐 오지 못하게 했다.

"제제 형?"

"왜 그러십니까, 꼬마 임금님?"

사실 루이스만이 진정한 왕이었다. 트럼프에 나오는 하트
나 다이아몬드나 스페이드나 클로버의 왕들은 그저 카드 놀이
를 하는 사람들의 손때가 묻은 지저분한 그림에 지나지 않았
다. 그리고 또 한 사람, 그 사람은 왕이 될 때까지 살지 못했다.

"제제 형, 난 형이 아주 좋아."

"나도 그래, 루이스. 나도 네가 좋아."

"오늘 나하고 놀 거야?"

"오늘은 너랑 놀게. 뭘 하고 싶은데?"

"동물원에도 가고, 그다음에 유럽에도 갈래. 그다음엔 아
마존 정글도 가고 그리고 밍기뉴랑도 놀자."

"내가 피곤하지 않으면 모두 다 하자."

글로리아 누나의 행복한 눈길 속에서 아침을 먹은 우리는
손을 잡고 뒤뜰로 나갔다. 글로리아 누나는 마음이 놓였는지
문에 몸을 기대었다. 닭장에 이르기 전에 나는 몸을 돌려 누나
에게 손을 흔들어 주었다. 누나의 눈이 기쁨으로 빛났다. 나는
나만의 조숙함으로 '저 애가 드디어 환상의 세계로 돌아왔어

요. 감사합니다, 하느님'이라고 하는 누나의 마음을 읽을 수 있었다.

"형!"

"웅?"

"검은 표범 어디 갔어?"

믿지 않는 일을 다시 시작한다는 건 힘든 일이었다. 나는 현실을 있는 그대로 말해 주고 싶었다. '바보야, 표범은 없어. 그건 내가 국 끓여 먹은 늙은 암탉일 뿐이라고.'

"지금은 암사자 두 마리만 있어, 루이스. 검은 표범은 아마존 정글로 휴가 갔어."

그의 환상을 가능한 지켜 주는 것이 나을 것 같았다. 아주 어렸을 땐 나도 그런 것을 믿었으니까.

어린 왕은 눈이 휘둥그레졌다.

"그럼 표범이 저기 저 정글에 있어?"

"겁먹지 마. 아주 멀리 가서 돌아오는 길을 찾지도 못할 테니까."

나는 쓸쓸하게 웃었다. 아마존 정글은 단지 가시투성이의 오렌지나무 잎사귀 몇 장에 불과했다.

"있잖아, 루이스. 지금 형이 아주 힘들어. 그러니까 이제 그만 가자. 내일 더 놀자. 케이블카 놀이도 하고, 네가 좋아하는 것을 다 하자."

루이스는 내 말에 고개를 끄덕이고 내 손을 잡고 천천히 돌아왔다. 그는 현실을 알기에는 아직 너무 어렸다. 나는 마법이 풀린 밍기뉴와 마주치고 싶지 않았다. 루이스는 그 흰 꽃이 우리의 작별 인사였음을 모르고 있었다.

8. 늙어가는 나무들

아직 밤이 오기 전이었다. 그 소식은 사실로 확인되었다. 우리 집과 식구들에게 평화의 기운이 다시 피어나고 있었다.

아빠는 내 손을 끌어다 식구들이 모두 보는 앞에서 나를 아빠 무릎에 앉혔다. 그리고 내가 어지럽지 않도록 천천히 의자를 흔들었다.

"다 지나갔다, 얘야. 모두 다 끝났어. 너도 이다음에 크면 아빠가 될 거야. 그리고 살다 보면 어려운 시기가 있다는 것도 알게 될 거다. 하는 일마다 잘 안 되고 끝없이 절망스러울 때가 있어. 하지만 이제는 그렇지 않아. 아빠는 산뚜알레이슈 공장의 지배인이 됐어. 이제 다시는 크리스마스에 네 신발이 비어 있는 일은 없을 거다."

아빠는 잠깐 말을 멈추었다. 아마 아빠도 살아 있는 한 절대로 그 일을 잊지 않을 게 틀림없었다.

"여행도 많이 다니자. 엄마는 이제 일을 하지 않아도 돼. 네 누나들도 그렇고. 아직도 그 인디언 메달 갖고 있니?"

나는 주머니를 뒤져 메달을 찾아냈다.

"좋아, 다시 시계를 사서 메달을 달자. 언젠가는 네 것이 될 거야."

'뽀르뚜가, 탄화규소가 뭔지 아세요?'

아빠의 이야기는 끝이 없었다. 아빠의 깔끔깔끔한 턱이 내 얼굴을 스쳐 따끔거렸다. 오래 입은 옷에서 나는 냄새도 역겨웠다. 나는 아빠의 무릎 밑으로 빠져나와 부엌문으로 갔다. 그곳 계단에 앉아 어둠 속으로 사라져 가는 뒤뜰을 바라보았다. 기분이 언짢아졌다.

'저 사람은 뭣 때문에 날 무릎에 앉혔을까? 저 사람은 내 아빠가 아냐. 내 아빤 돌아가셨어. 망가라치바가 내 아빠를 죽

였어.'

아빠는 내 뒤를 따라 나왔다. 그리고 눈물로 젖어 있는 내 눈을 보았다.

아빠는 거의 무릎을 꿇다시피 하고서 내게 말을 걸었다.

"울지 마라, 얘야. 우리는 이제 큰 집에서 살게 될 거야. 집 뒤에 진짜 강도 흐르고 아주 큰 나무들도 많이 있어. 그 나무들은 네가 다 가져라. 거기다 그네도 맬 수 있어."

아빠는 몰랐다. 이 세상에서 '까를로따 여왕'만큼 멋있는 나무는 없다는 것을 말이다.

"네가 가장 먼저 나무를 고르게 해 주마."

나는 아빠의 발을 내려다보았다. 슬리퍼 사이로 발가락들이 비집고 나와 있었다. 그도 칙칙한 뿌리를 가진 늙은 나무였던 것이다. 아빠 나무였다. 그러나 내가 전혀 이해할 수 없는 그런 나무였다.

"한 가지 소식이 더 있다. 네 라임오렌지나무도 그렇게 빨리 잘리진 않을 거야. 그게 잘릴 때쯤에는 우리가 멀리 이사 갈 테니까 넌 그게 잘렸는지도 모를 거야."

나는 흐느끼며 아빠의 무릎을 끌어안았다.

"됐어요, 아빠. 그런 건 상관없어요."

그리고 나를 따라 눈물을 흘리는 아빠의 얼굴을 보며 중얼
거렸다.

"벌써 잘라 갔어요, 아빠. 벌써 일주일도 전에 내 라임오렌
지나무를 잘라 갔어요."

9. 마지막 고백

사랑하는 마누엘 발라다리스 씨, 오랜 세월이 흘렀습니다. 저는 마흔여덟 살이 되었습니다. 때로는 그리움 속에서 어린 시절이 계속되는 듯한 착각에 빠지곤 합니다. 언제라도 당신이 나타나셔서 제게 그림 딱지와 구슬을 주실 것만 같은 기분이 듭니다. 나의 사랑하는 뽀르뚜가, 제게 사랑을 가르쳐 주신 분은 바로 당신이었습니다. 지금은 제가 구슬과 그림 딱지를 나누어 주고 있습니다. 사랑 없는 삶이 무의미하다는 것을 알기 때문입니다. 때로는 제 안의 사랑에 만족하기도 하지만 누구나와 마찬가지로 절망할 때가 더 많습니다.

그 시절, 우리들만의 그 시절에는 미처 몰랐습니다. 먼 옛
날 한 바보 왕자가 제단 앞에 엎드려 눈물을 글썽이며 이렇게
물었다는 것을 말입니다.

"왜 아이들은 철이 들어야만 하나요?"

사랑하는 뽀르뚜가, 저는 너무 일찍 철이 들었던 것 같습
니다.

영원히 안녕히!

우바뚜바에서

1967년

읽을 때마다 눈물이 나는 책

내가 처음《나의 라임오렌지나무》를 번역한 해는 1978년이었
다. 졸업을 앞두고 직장이 나서기를 기다리는 동안, 데모와 시
위로 단축된 강의시간 내에 마치지 못한 책을 마저 읽는다는
생각과, 아직 태어나지도 않은 미지의 조카들을 위해 우리말
로 옮겨 놓겠다는 의도에서 시작된 일이다. 이렇게 하여 대학
노트 두 권에 옮겨 놓은 글이 책으로 나와 오랫동안 우리나라
독자들의 웃음을 자아내고 심금을 울리게 될 줄은 꿈에도 생
각지 못했다. 짧은 포르투갈어 실력과 브라질에 대한 무지, 번
역 작업의 기쁨과 책임감 등에 대해 전혀 자각이 없던 천진한
시절의 일이었다고나 할까.

그 후 제제의 나라 브라질로 건너가 라임오렌지와 따마린
두(타마린드)와 고이아바(구아버) 등의 과일들을 먹어 보고 제제
가 좋아하는 "늘어진 마리아"젤리도 맛보았다. 제제의 나라를

291

보고 느끼고 사랑하는데 빠져 세월을 잊고 살았다. 세금 한 푼 낸 적 없는 이방인인 나를 제제의 나라는 먹여 주고 입혀 주고 공부시켜 주었다. 그리고 세상에 대해 눈을 뜨게 했고 무엇보다도 진정한 자유가 무엇인지를 맛보게 해 주었다.

내가 브라질에 도착했을 당시《나의 라임오렌지나무》의 실제 아빠, 주인공이자 지은이인 마우루 지 바스콘셀로스는 접촉이 어려운 상황이었다. 가난했던 과거 생활에다 제제 못지않은 호기심으로 모험을 꺼리지 않아 몸을 축냈을 것이라고 그의 동료 작가가 걱정하던 모습이 기억난다. 실제로 그는 1984년 6월 24일 뽀르뚜가와 루이스 왕과 고도이아가 있는 곳으로 떠났다. 그의 죽음에 접해 지면을 아낀 브라질 언론들에게 내가 섭섭해했던 기억이 생생하다.

다행히 그는 뽀르뚜가의 곁으로 떠나기 전 한국에서 태어난 제제를 알고 있었다. 그가 한국어판《나의 라임오렌지나무》를 받아 들고 마치 어린 아이처럼 기뻐했다고 훗날 그의 동료 작가가 내게 전했다. 그 자신의 표현대로 단순한 사람이었기에 아마 뽀르뚜가와 낚시를 갔을 때 제제가 좋아했던 것처럼 기뻐하지 않았을까.

그 후 제제가 한국에서 일으키는 마술을 나는 멀리서 가끔

전해 들었다. 제제는 시로, 연극으로, 영화로 계속 새로 탄생하고 있었다. 요즈음으로 치면 제제를 사랑하는 사람들이 제제의 복제인간을 계속 만들어 냈던 것이다. 특히 이태복 형이 운영하던 '광민사'(도서출판 동녘의 전신)에서 출판하여서인지 민주화 운동을 한 젊은이들의 사랑을 많이 받았던 것 같다.

브라질에서 《나의 라임오렌지나무》는 초등학교 교과서로 사용된 적이 있으며 프랑스에서는 소르본대학교(파리제4대학) 포르투갈어 강의 교본으로 사용되기도 할 정도로 많은 사랑을 받았다. 그러나 무엇보다 제제는 한국에서 가장 많은 사랑을 받은 것 같다. 왜 제제는 한국 내에서 이런 기적들을 일으키며 사랑을 받고 있는 것일까? 많은 분들이 내게 이런 질문들을 해 오셨다.

1991년 한국에 머무르는 동안, 《한국일보》에 답변해 보려고 애쓴 적이 있었다.

브라질에서는 장난이 심한 아이를 사탄의 이름 중 하나인 까뻬따(capeta)를 따서 그 축소어인 까뻬친냐(capetinha: 작은 악마)라고 부른다. 까뻬따는 악마 중 그 악질의 정도가 가장 낮은 악마이다. 이 까뻬따는 갑자기 회오리바람을 불러일으켜 여자의 치마를 들어 올리거나, 스카프를 날려 버리거나, 길거리에 빗물 웅덩이를 만들어 사람들의 발을 빠뜨려 젖게 하거나, 심한 돌풍을 일으켜 멀쩡한 사람을 넘어뜨리거나, 돌부리에 걸려 사람이 넘어지게 하는 등 사람에게 심한 해를 끼치지 않고 장난을 치며 골탕을 먹인다. 우리 옛날 이야기에 나오는 도깨비가 이런 장난꾸러기가 아니었나 싶기도 하다.

나는 사람은 다양한 측면을 갖고 태어난다고 생각한다. 그리고 이 다양성이 삶을 풍요롭게 하고 즐겁게 한다고 생각한다. 그중 하나가 이 작은 악마의 기질이다. 그리고 누구나 무의식 속에 이런 장난을 해 보고 싶은 욕망과 호기심이 있으나 주변 환경과 교육의 영향으로 대부분의 사람들은 억제를 한다. 그러나 제제는 이 호기심을 이겨내지 못하고 일을 저질러 악동 취급을 받고 매를 맞기도 하지만 우리의 독자들은 제제의 행동을 통해 카타르시스를 느끼는 것이 아닐까? 더구나 제제는 이 악동 기질에 영리함까지 겸비하여 당한 사람의 입가에까지 웃음이 돌게 하는 매력을 지니고 있다.

우리의 영혼을 온통 사로잡는 제제의 또 다른 특성은 그의 예민한 감수성과 뽀르뚜가의 말대로 절절히 사랑받고 싶어 하는 그의 영혼이다. 그의 이 절절함이 영혼 깊은 곳에까지 스며들어 나는 이 책을 수없이 읽었어도 읽을 때마다 마음 아파 눈물을 흘린다. 세상에 좋고 즐거운 일도 수없이 많은데 이렇게 감성적으로 썼어야만 했는가라고 주제 마우루 지 바스콘셀로스에게 항의를 해 보기도 한다. 한편으론 주제 마우루 지 바스콘셀로스라는 남자는 사랑 그 자체가 아니었을까 상상해 보기도 한다. 낙천적 성격의 브라질 사람들 가운데에서는 보기 드문 감성적 영혼이다.

그 후 뽀르뚜가의 고향 포르투갈에서 일년 반을 지내면서 작가의 이 감수성은 그의 포르투갈 선조의 혈통 때문이라는 것을 발견하게 되었다. 실제로 이 곳 포르투갈인들은, 물론 나이 든 어른들의 얘기지만, 뽀르뚜가처럼 감수성이 예민하고 사랑이 넘치는 사람들이다. 그래서 슬픈 파두(fado) 노래를 좋아하는가 보다. 그리고 포르투갈 노래와 포르투갈 사람의 성격 등은 우리의 그것과 매우 유사하다. 최근 20년 중 10년 전의 1년을 제외하고 거의 타국에서 살아온 나는 가끔 한국인을 만나는 기회를 갖는다. 그때마다 아직도 한국인이 매우 순수하고 감수성이 예민하다는 것을 느끼게 된다.

이와 같은 두 가지 제제의 특성 때문에 한국 독자들이 제제를 특히 더 사랑하게 된 것이 아닐까. 그러나 이는《나의 라임오렌지나무》에 접근하는 여러 가지 오솔길 중 한 길에 불과하다. 세월이 흐르고 장소와 환경이 바뀜에 따라 제제를 보는 나의 눈도 자꾸 바뀌어 간다. 독자들도 각각 자신의 상상에 따라 《나의 라임오렌지나무》의 제제에게 접근하는 오솔길을 찾게 될 것으로 생각된다.

도서출판 동녘에서 주제 마우루 지 바스콘셀로스의 작품을 재기획한다며 《나의 라임오렌지나무》에 대한 재번역을 요청하여 왔다. 그간 아쉬웠던 부분들이 있었기에 오히려 감사하는 마음이 되었다. 그래서 새로이 번역한다는 자세로 작업에 임했다. 작업 중 두 가지 사실을 발견했다.

첫 번째 번역 당시 나의 포르투갈어 지식과 브라질에 대한 지식이 매우 일천했다는 것이다. 그럼에도 불구하고 《나의 라임오렌지나무》를 아끼고 사랑해 주신 한국 독자들에게 감사드릴 뿐이다. 제제의 메시지가 충분히 전달되었다는 사실로 양해를 구하고 싶다. 이번 작업에는 브라질에서 보고 느낀 브라질의 현실과 감정이 최대한 전달되도록 노력했다고 말하고 싶다.

또한 당시의 우리 시대와 환경이 그랬었는지 아니면 내 자신의 영혼이 그러했던지 감성에 치우쳐 번역된 부분이 일부 있었다는 점이다. 그래서 이번 작업 중에는 이를 교정하고 작가의 몸과 머리가 되어 그의 마음과 영혼을 전달하는 작업에 충실했음을 말씀드린다.

24년 전, 태어나지도 않은 내 사랑스런 조카 은수와 시은이를 위해 이 책을 번역했다. 이제 은수와 시은이는 대학교와 고등학교에 진학할 나이가 되었다. 바라건대 은수와 시은이는 제제와 달리 어린 시절에 사랑의 결핍으로 영혼이 외롭지 않았기를 바란다. 브라질에서는 아직도 많은 제제들이 외로운 영혼을 안고 거리를 방황하고 있다. 매우 가슴 아픈 일이다. 제제를 순악질 또는 악마라고 부르는 어른들이 실제로는 더 악마인 경우가 많다. 자신들이 아이들을 악마로 만들고 있음을 모르는 어른들도 너무 많다. 나의 예쁘고 착한 제제들이었던 은수, 시은, 유석, 장석, 경석, 주미, 기수, 소리, 루까와 한국의 제제들에게 이 작업을 바친다.

2002년
포르투갈 리스본에서
박동원 쓰다.

1968년 브라질에서 출간된《나의 라임오렌지나무》의 초판 앞표지.
포르투갈 출신으로 브라질에서 활동한
거장 만화가 제이미 코르테즈(Jayme Cortez, 1926 ~ 1987)가
표지와 본문 삽화를 그렸다.

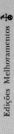

Edições Melhoramentos

"E foi assim que
eu ganhei a minha
roupa de poeta.
E eu fiquei
lindo!"...

《나의 라임오렌지나무》초판 뒤표지.
작가 바스콘셀로스의 어린 시절 사진과 함께 친필을 담았다.
이 글귀는 "이렇게 해서 난 시인의 옷을 입게 되었다.
어찌나 멋져 보였는지……"라는 뜻으로
이 책의 114쪽의 아래에 나오는 문장 중 일부다.

나의 라임오렌지나무

초판 1쇄 펴낸날	1982년 5월 30일
특별판 1쇄 펴낸날	2022년 9월 20일
특별판 4쇄 펴낸날	2024년 9월 30일

지은이 J. M. 바스콘셀로스	**편집** 이정신 이지원 김혜윤 홍주은
옮긴이 박동원	**디자인** 김태호
펴낸이 이건복	**마케팅** 임세현
펴낸곳 도서출판 동녘	**관리** 서숙희 이주원

만든 사람들
편집 구형민　**디자인** 이보용

인쇄 새한문화사　**라미네이팅** 북웨어　**종이** 한서지업사

등록 제311-1980-01호 1980년 3월 25일
주소 (10881) 경기도 파주시 회동길 77-26
전화 영업 031-955-3000 편집 031-955-3005 **팩스** 031-955-3009
홈페이지 www.dongnyok.com **전자우편** editor@dongnyok.com
페이스북·인스타그램 @dongnyokpub

ISBN 978-89-7297-951-7 (03870)